FABBRI
EDITORI

Daniele Davì

Dove cade il cielo

FABBRI
EDITORI

Pubblicato in Italia per

FABBRI
EDITORI

da Mondadori Libri S.p.A.

Prima edizione: ottobre 2020

ISBN 978-88-915-8425-0

Realizzazione editoriale: Matteo Mazzuca e studio pym / Milano

Dove cade il cielo

1

Leonardo

Nessuno può permettersi di rovinare i vostri sogni.

Nessuno, tranne vostra madre.

A me succede tutte le mattine. Navigo leggero, libero da qualsiasi vincolo di spazio e di tempo, libero di andare oltre, libero di osare come non mi azzardo nemmeno dopo uno shot di rum e pera. E poi arriva lei.

Mia madre.

SVEGLIAAAAAAAA!!!

Il suo richiamo è dolce come un caffè col sale, straziante come una sinfonia di unghie sulla lavagna. Una lavagna con su scritta un'equazione di terzo grado.

Nei miei sogni non sono nessuno, e quindi sono libero di essere qualsiasi cosa. Fortuna che c'è mia madre a ricordarmi da 18 anni chi sono. Leonardo. Leonardo. Leonardooo!!!

E, man mano che scorrono i secondi, la sua voce si fa sempre più perforante, un missile terra-aria sganciato a cinque centimetri dalle mie orecchie. Il fine è evidente: nessuna onda sonora deve sfuggire al mio padiglione auricolare. Mia mamma è una che ci tiene a fare le cose per bene.

È infatti la classica madre che passa le giornate a mandarti i buongiornissimo caffè con cagnolini e stelline, che usa solo ed esclusivamente l'indice per scrivere sul telefono e che cancella l'intero messaggio se sbaglia una sola lettera. È solo grazie a lei e al suo gruppo di amiche che Facebook esiste ancora. Ma, nonostante tutto, ha anche dei difetti. Scherzo.

Ha certamente il merito di avermi fatto alzare tutte le mattine: forse, se non ci fosse stata, io non mi sarei mai svegliato. Mai. Con la sveglia del telefono ho provato mille volte, ma se va bene pospongo fino al mattino del giorno dopo, se va male smanaccio alla cieca fino a scagliarlo da qualche parte nella stanza. È successo tre volte. Due telefoni rotti, uno disperso. Probabilmente volato via dalla finestra, o finito nel cesto della biancheria sporca, riversato in lavatrice e smarrito per sempre nel misterioso triangolo dei calzini spaiati.

Al trentaquattresimo Leonardooooooooo, ormai affilato come gli artigli di Nightmare, mi ricongiungo con me stesso.

«Muoviti o quel telefono te lo faccio mangiare, cretinetti!»

Eccolo, il mio buongiornissimo. Credo che mia madre sia l'unica in Italia a usare ancora quell'espressione mesozoica.

Istintivamente afferro il telefono e comincio a smanettare su Instagram.

Leo, hai visto cos'è successo a Monza?

Oddio Leo non ci credo sto piangendo non è possibile che succedano cose del genere.

Parla di quello che è successo a Monza ti prego

Non se ne può più! Quello che è successo a quel ragazzo potrebbe succedere anche a me, e potrebbero essere i miei stessi compagni di classe a farlo. Ho paura.

Ci metto poco a capire di cosa parlano. La storia è sempre la stessa, ma ogni volta fa male. Ogni volta sento un nodo stringermi lo stomaco, per poi salire e serrarsi intorno alla gola.

Lui era omosessuale, loro lo hanno picchiato. Perché? Vallo a capire, il perché. Il perché della discriminazione, il perché dell'odio, il perché della violenza. So solo che ogni volta fa male. Sospiro.

Da un paio d'anni ho deciso che in silenzio non ci sto. E così, tra un video idiota e l'altro, mi prendo il tempo per parlare di vicende che pesano come macigni. Insomma, mi segue mezzo milione di persone. Non per tirarmela o per fare il menoso, ma comincio a sentire una certa responsabilità. Il dovere di far sentire la mia voce per le cose a cui tengo davvero.

«Leonardoooo!» Di nuovo mia madre. Lancio un'occhiata all'orario: le sette??? Scatto in piedi e corro in bagno, dove comincio a giocare con le manopole dell'acqua calda e dell'acqua fredda, cercando di calibrare al millimetro quella giusta combinazione di "ghiaccio dell'Antartide" e "lava del monte Fato". A quanto pare una combinazione introvabile.

Poi il mio sguardo cade sullo specchio. Inevitabilmente, come ogni mattina.

Guardo la cicatrice che ho sul petto, all'altezza dello sterno. Un piccolo grumo di pelle che non posso fare a meno di toccare ogni volta che lo noto. E che ogni volta mi riporta a quel giorno, affollando la mia mente di immagini che vorrei tanto dimenticare, ma che invece porterò sempre con me.

Scrollo la testa, cerco di gettare lontano il ricordo mentre provo a cancellare la condensa che, sullo specchio, mi rende irriconoscibile.

Io la tolgo, ma lei torna subito. È come quel ricordo: più provo a cancellarlo, più diventa forte. Cerco di fargli paura, ma lui trova sempre il coraggio di tornare da me.

Dietro qualche minuscola gocciolina che scorre veloce sul vetro, rieccomi, il vero me, il Leonardo, quello che voglio essere. Un ragazzo che vuole usare la propria voce per cambiare le cose, o per lo meno provarci.

Mi lavo, mi asciugo, mi vesto, sbaglio i calzini, li sistemo, trangugio un caffellatte, agguanto una fetta di pane tostato con marmellata, aiutandomi con i denti infilo il cappotto e scendo di corsa.

Mio padre, come ogni mattina, appena mi vede allarga le braccia. È già in auto. Sì, sì, lo so, sono in ritardo. Salto su, sbocconcellando la fetta di pane con la marmellata della nonna. L'unica che sappia regalarmi un po' di dolcezza a quest'ora del mattino.

«Non è possibile, ogni mattina! Da domani ti metti la sveglia.»

Buongiornissimo a te, papà, ti voglio bene anch'io. I genitori sono, in qualche modo, una sicurezza.

E quindi so che anche domani non metterò la sveglia, anche domani sarò in ritardo, anche domani mia madre mi triturerà il cervello e mio padre scrollerà le spalle sconsolato, intimandomi di mettere la sveglia per il giorno successivo.

Per qualche motivo che ancora mi sfugge, e che credo non verrà affrontato nelle lezioni di fisica, riesco sempre ad arrivare in classe prima dell'appello. O, nei casi peggiori, un momento prima che il prof pronunci il mio cognome. Oggi è uno di quei casi. Varco la soglia della classe, che ancora non è sprofondata nel silenzio in cui cadrà durante la lettura del Purgatorio di Dante.

«Costa, sei quasi in ritardo. Anche oggi» mi accoglie il prof. Da qualche tempo il nostro meraviglioso corpo docente sembra essersi preso particolarmente a cuore le mie sorti. Ammetto che, da quando il mio account è esploso, gli impegni hanno cominciato ad accumularsi in fretta, e i miei voti sono calati altrettanto rapidamente. Sbuffo, madido di sudore, la mente ancora offuscata dal sonno e un nugolo di pensieri che giocano a rincorrersi. «Prof, scusi, scusi davvero! È che la sveglia, il telefono... scomparsi.»

«Come?»

«Cioè, il telefono l'ho trovato, ma la sveglia del telefono... rubata!»

I miei compagni di classe ridacchiano, il prof scuote la testa, ma vedo che nasconde un mezzo sorriso. Meno male che mia mamma mi ha fatto simpatico. O buffo. Forse più buffo che simpatico, sì.

«Cos'hai bevuto a colazione?» mi dice Filippo, il mio compagno di banco, sganasciandosi mentre mi lascio cadere sulla sedia.

«È la marmellata della nonna, credo sia vietata...»

«Ah ah, certo... Dai, oggi da quale minaccia salverai il mondo grazie alle tue preziose stories?» mi provoca.

«Dalle tue battute... Comunque hai sentito?»

«Cosa?»

«A Monza un ragazzo è stato pestato a sangue perché è gay.»

«Ouch.»

«Già. Ouch.»

«Allora, in ritardo e pure a dare fastidio, Costa?»

«Quasi in ritardo... Ma, prof, stavamo parlando di una cosa. Una cosa terribile che è successa a Monza...»

«Sì, ho sentito, bullismo e omofobia sono cose orrende. Però, Costa, non è questo l'argomento della nostra lezione. Ci penseranno polizia e giornalisti, e speriamo che quel ragazzo possa riprendersi presto. Nel frattempo, se tu e Rambelli avete altre considerazioni da scambiarvi, accertatevi prima che riguardino il passo su Manfredi.»

Sospiro. Capisco il prof, figuriamoci. Ma non sarebbe bello, ogni tanto, anche solo per un'ora al mese, che anche nelle scuole si parlasse di problemi attuali, che imparassimo a conoscere il mondo in cui viviamo?

Guardo il telefono. Tre messaggi WhatsApp da parte di Giuseppe, il mio manager.

Leo dovresti parlare di quello che è successo a Monza.

È urgente.

Leo ne stanno parlando tutti, non puoi arrivare per ultimo.

«Oh oh, attenzione. Il mastino dà gli ordini» dice Andrea.

Detesto quando Giuseppe fa così. Ho come l'impressione che non gliene importi poi molto di quello che dico o non dico. L'importante è che sia costante, che sia coerente, che mi costruisca una certa identità, che gli utenti possano associarmi subito a determinati concetti.

Comunque sia, voglio trovare il modo adeguato per parlarne. Potrebbe avere senso saltare l'ultima ora, visto che c'è educazione fisica... ma che malanno posso inventarmi, oggi?

Prendo il telefono e guardo le mie note. Mal di testa? Già usato il 27 aprile. Mal di pancia? 3 maggio. Giustificazione con firma falsificata? 6 maggio. Poi ho fatto lezione per ben due volte di fila... Trovato, ecco che cosa mi manca!

Entriamo negli spogliatoi, accolti dal consueto aroma inebriante. Ormai sono arrivato alla conclusione che i bidelli abbiano delle taniche di sudore con cui irrorano gli ambienti. Non c'è altra spiegazione. Mentre mi cambio, lancio un'occhiata a Filippo. Ha messo su un bel pacco di muscoli, negli ultimi mesi.

«Filo.»

«Oh.»

«Oggi non c'ho voglia.»

«Non hai mai voglia.»

Filippo si siede sulla panca e sbuffa. Cinque minuti più tardi ci stiamo riscaldando, correndo come pecore in gregge intorno al campo.

«Arrivo» dice la voce di Filippo alle mie spalle.

Un attimo dopo sono a terra, aggrovigliato con Filippo che mi schiaccia col suo peso.

«Ahia ahia ahia» mi lamento tenendomi il ginocchio.

Strizzo gli occhi fingendo grande dolore, aprendone uno per guardarmi attorno. Il prof sta arrivando. «Ma che avete combinato? Come avete fatto?»

«Leonardo ha frenato all'improvviso!» dice Filippo, che si sta rialzando.

«Prof, mi fa malissimo il ginocchio. Mi serve del ghiaccio!»

Altri cinque minuti e sono nello spogliatoio, da solo, con una busta di ghiaccio sul ginocchio. Il prof si chiude la porta dello spogliatoio alle spalle. Questa era da Oscar, mi dico, bravo Leonardo.

Getto via la busta di ghiaccio. Prendo il telefono e apro Instagram: voglio rendere questo mondo migliore. E se ce ne stiamo zitti, se me ne sto zitto, le cose non cambieranno.

Il mio post sarà solo una goccia nel mare?

No problem. Perché, senza gocce, il mare non esiste.

2
Medea

Gli auricolari bluetooth sono una figata. Soprattutto se hai i capelli lunghi sotto cui nasconderli all'ultima ora di lezione. L'importante, però è usarne sempre uno solo: non bisogna mai perdere il filo del discorso del prof. Ancora peggio, non ci si può distrarre e non sentire quando ti chiama per farti una domanda, o per leggere dal libro, o richiamarti o che so io.

Piuttosto, meglio stabilire di tanto in tanto un contatto visivo, annuire leggermente come a dire "Ho capito". Esageriamo? Anche fare una domanda. Se è pure pertinente, bingo. Da quel momento sarete intoccabili. Se poi disgraziatamente dovesse pronunciare le parole che non vorresti mai sentir pronunciare, «MEDEA ASTOLFI, ALLA LAVAGNA!», ecco, in quest'ultimo caso fingetevi sordi o, meglio ancora, morti. Funziona sempre.

Ma oggi è una giornata tranquilla. Lo fiuti nell'aria, quando la prof di fisica è frustrata per qualche motivo ed è pronta a ributtare su di noi le sue carenze affettive. E io, accucciata nel mio ultimo banco vicino alla finestra, lo so bene quando ci si può rilassare.

Adesso mi sparo un'ora filata di cazzeggio sul telefono nascosto dietro l'astuccio, decido fra me e me. Con lui, la campanella suona prima. E gli stronzi che riempiono la classe magicamente scompaiono.

Una nuova notifica compare in cima allo schermo. Instagram. Leonardo Costa ha pubblicato una nuova storia.

Mi piacciono, le storie di Leonardo Costa. È un ragazzo acuto, simpatico. Deve averne passate parecchie, tra bullismo e chissà cos'altro, perché è chiaro che sa quello che dice. Fossero tutti come lui...

Il mio sguardo si sposta dallo schermo del telefono alla mia mano destra, che sta tracciando ghirigori senza senso fingendo di prendere appunti, e poi alla mia compagna di banco, nonché migliore amica, Yasmine. Lei mi osserva da sotto il suo hijab, bellissima come sempre.

Poi il mio sguardo va oltre Jasmine, si posa su Claudia. Con i jeans che le sembrano disegnati addosso, la camicetta smanicata a fiori, il nastro tra i capelli. Perfettina del cavolo.

Si gira, i nostri sguardi si incrociano. Gonfia le guance, come un pesce palla, per prendere in giro Yasmine. Sofia, la sua compagna di banco, soffoca una risata.

«Qualcosa di divertente in questa equazione, Sofia?» chiede la prof e lei scuote la testa. «Scusi» guaisce, con l'aria più contrita che può.

La mia mano destra si serra lentamente a pugno, poi, con dolcezza, il dito medio si solleva in un gesto che mi dà sempre una certa soddisfazione. Claudia fa una smorfia e smette di fissarmi. Abbasso lo sguardo. A Yasmine, che ora si scruta i piedi, la cosa non è sfuggita. Scarabocchio un pezzo di carta e glielo passo. "Stai tranquilla, sei stupenda."

So che cosa significa, che cosa sta pensando. Ci sono passata anch'io, e ancora non ci credo di essere riuscita a togliermi di dosso quell'etichetta. Ho fatto una fatica immensa negli ultimi due anni, ma alla fine sono riuscita a uscire dalla morsa. Non mi vedono più *così*.

Suona la campanella. Fine dei giochi. L'aula si riempie dei tonfi di quaderni che si chiudono, di sedie che grattano sul pavimento e del vociare dei miei compagni di classe. Tutti tra di loro, tutti nei loro gruppetti. Tutti tranne me e Yasmine. Afferro lo zaino. La mia amica è ancora abbattuta.

«Hey» le faccio.

«Che c'è?»

«Devi smetterla di chinare la testa. O loro continueranno, hai capito?»

Non risponde, mentre usciamo dalla classe. «Yasmine» insisto.

«Senti, lascia stare, va bene? Tanto tra un anno sarò fuori di qui.»

«E quindi?»

«E quindi le cose cambieranno.»

«Non cambieranno, se tu non cambierai.»

Si volta di scatto verso di me e mi lancia un'occhiataccia. «Sono cambiata. Sono cambiata completamente per loro. E non è servito a nulla.»

Scuoto la testa. «Non "cambiare" in quel senso. Non sei tu, non è il tuo corpo. È il tuo atteggiamento.»

«È il mio atteggiamento, okay. Dobbiamo essere ciò che siamo, no? Io sono ciò che sono. Non posso cambiarmi.»

«Sei insopportabile quando fai così.»

«Dico la verità.»

«No, Yasmine, tu ti chiudi come un riccio e te la racconti.»

«Se non fossi la mia migliore amica ti avrei già mandato a quel paese, Medea.»

«Se non fossi la mia migliore amica, Yasmine, proverei una gran pena per te. Chissà perché siamo migliori amiche, a volte non riesco a capirlo...»

«Ah, non lo so. Tu lo sai?»

Ci penso un po' su con l'aria fintamente corrucciata mentre usciamo da scuola e il caldo sole di fine maggio ci accoglie spietato.

«No.»

«Ed è così importante saperlo?»

La guardo. Yasmine ha la capacità di farti notare la bellezza delle cose semplici, e di quanto sia stupido e insensato andare a complicarsi la vita per niente. «No, non è importante.»

«E allora, scema?» mi dice, sfiorandomi il braccio.

«Scusa, Yas. Troppo dura, lo so.»

«Tranquilla.»

La giornata di scuola potrebbe concludersi degnamente qui. Ma c'è tutto lo spiazzo da attraversare prima di arrivare al cancello.

«Oh, ma te l'hanno detto che tra un po' è estate?» dice Claudia, accompagnata da una scarica di sghignazzi di altre compagne di classe, Sofia in testa.

«Chissà quanto suda. Pensa che puzza, là sotto!»

«Hey, Yas, ma quel burqa te lo lavi ogni tanto?»

«Secondo me è pelata.»

«Meglio essere pelata che essere come Medea!» strilla sguaiatamente Claudia.

Il mio dito medio si alza di nuovo, non riesco a fermarlo. Va da solo. Non le degno di uno sguardo mentre ce le lasciamo alle spalle.

«Oh, guarda, adesso scommetto che dovrà fare penitenza ad Allah per tutta la sera.»

«Hey, hey. Yas! Ma tu non lo fai il Ramadan?»

Il volto di Yasmine si bagna di lacrime silenziose.

Mi fermo, la prendo per le spalle e le do un bacio sulla fronte. «Non ascoltarle, va bene? Sono delle stronzette. Senti, piuttosto, penso che dovresti guardare una cosa» dico, armeggiando con il telefono.

«Cos'è?»

«È una storia appena pubblicata da Leonardo Costa, hai presente?»

«Vagamente.»

«Guardalo. È un tipo in gamba, secondo me ti piacerà» le dico, mentre ci salutiamo e ci dirigiamo verso casa.

Devo dire che fa caldo sul serio, Claudia non ha tutti i torti. Non so come faccia Yas a stare là sotto, ma se i Tuareg se ne vanno in giro per il Sahara tutti imbacuccati da chissà quante centinaia di anni, tanto terribile non deve essere.

Quando arrivo a casa, però, la prima cosa che faccio è spogliarmi, liberarmi del reggiseno e infilarmi una maglietta e dei pantaloncini. Qui nessuno può vedermi, nessuno può giudicarmi, nessuno può ridere.

«Medea, sei tu?» Dalla sala arriva la voce di mia madre.

«Certo che sono io, ma'. Chi vuoi che entri in casa a quest'ora?»

«Oh, signorina, non c'è bisogno di rispondere così male ogni volta.»

«Okay.»

«Okay. Com'è andata oggi?»

«Il solito.»

«Ma stai bene?»

«Sì, ma'!»

«Ti ho lasciato il pranzo in frigo, se vuoi.»

«Okay.»

Non so perché non la sopporto, mia madre. Forse perché fa sempre le stesse domande da madre. Forse perché non capisce quello che mi passa per la testa. Un genitore dovrebbe capirlo senza troppe parole se il proprio figlio non sta bene, no?

Vado in cucina, tiro fuori dal frigo il riso e il pollo e li schiaffo nel microonde. Nel frattempo torno su Instagram e apro la storia di Leonardo Costa. La prima cosa che mi colpisce è il suo sguardo: triste e profondo, ma anche con una punta di indignazione. Credo abbia addirittura gli occhi lucidi, come se avesse pianto.

«Ciao ragazzi, come state? Dopo aver scoperto della notizia riguardante il ragazzo di Monza che mi avete segnalato in direct, mi sono preso qualche ora per leggere alcuni dei vostri messaggi. Come al solito mi è venuto un nodo alla gola.»

Ma di che parla? Esco un attimo da Instagram. Cerco su Google. Le notizie mi travolgono. Mi bastano pochi titoli per capire. Ne apro una a caso. Leggo. Tutt'a un tratto, il nodo alla gola ce l'ho anch'io.

DING! Il timer del microonde mi fa sobbalzare. Tiro fuori il pollo e il riso, ma mi è passata la fame. Torno sulla storia di Leonardo.

Le sue parole mi colpiscono come un pugno allo stomaco, come una stilettata tra le costole. Capisco bene cosa dice. Troppo bene. Certe cose ti segnano, sì. E anche se nessuno mi ha mai picchiata, anche se forse non ho il diritto di mettere a confronto la mia stupida storia con quello che è successo a Monza, capisco che è anche di me che parla.

Leonardo fa molte pause, la sua voce si rompe, spezzata dall'emozione.

So cosa intende, so che cosa significa essere etichettata. Mi hanno appiccicato in fronte un bollino il cui segno forse non se ne andrà mai. E quegli occhi addosso… Sì, sono quelli dei miei compagni di classe, che mi scrutano in continuazione alla ricerca di un appiglio, anche minuscolo, su cui costruire la loro prossima battuta, il prossimo tormentone che si riverserà su di me ogni volta che il mio sguardo incrocerà il loro, o semplicemente ogni volta che saranno troppo annoiati dalle loro vite, senza avere nulla da dirsi, null'altro di cui ridere.

«E così ho pensato di chiedervi di inviarmi le vostre storie» conclude Leonardo, «perché chi può capirti meglio di chi ha passato le stesse cose? Mi piacerebbe poter leggere i vostri messaggi e, chissà, magari costruirci sopra qualcosa… cosa ne dite?»

Cosa ne dico? Boh. Che cosa avrei da raccontare, poi? Anni di prese in giro dalle elementari alle medie? La costante sensazione di essere sul punto di ritrovarmi completamente sola, senza uno straccio di amico? Non che sia una prospettiva così lontana: ora come ora, posso contare solo su Yasmine. E per lei vale lo stesso. Cerco di dimostrarle in tutti i modi, col mio caratteraccio, la mia arroganza, il mio medio alzato, che io tutto sommato me la cavo; ma la verità è che, se non cedo, se non crollo, se non scoppio, è anche per lei, per infonderle un po' di coraggio. Forse dovremmo parlare un po' di più a cuore aperto, se siamo davvero migliori amiche. Forse dovrei confessarle davvero le mie debolezze. O forse lei le ha già capite.

Mangio senza quasi sentirne il sapore. Forse potrei davvero raccontare a Leonardo ciò che sto vivendo… Ma che cosa gliene potrebbe fregare?

Metto il piatto nel lavello, poi punto verso il bagno per farmi una doccia. Solo che in bagno c'è lui. Quello che per anni è stato il mio peggior nemico, e che anche adesso, nonostante tutto il mio impegno, continua a terrorizzarmi. Lo specchio.

Ogni volta è una sfida. Una sfida che sono destinata a perdere, perché lui non abbasserà mai lo sguardo. Sta solo a me riuscire a sostenere l'immagine che mi restituisce.

Fisso me stessa negli occhi, poi comincio a tastarmi. Tocco un braccio, cerco di afferrare la pelle sopra il bicipite tra pollice e indice, è sottilissima. Prima un braccio, poi l'altro. Tiro indietro la pancia, schiacciando gli addominali più che posso contro la colonna vertebrale, trattenendo il respiro. Ora le costole si vedono bene, le sento scorrere in rilievo sotto le dita. Respiro, lascio andare la pancia. La spingo in fuori, come a gonfiarla, per vederla rotonda. Respiro ancora.

Mi giro, guardandomi da sopra le spalle. Prima mi pizzico la pelle intorno ai fianchi, poi, con una mano, mi afferro un gluteo. Osservo le piccole smagliature sulla pelle chiara. Penso ai buchi di cellulite che ha Claudia, e che nasconde dietro le sue culotte.

Poi mi giro nuovamente, mi osservo. Guardo ogni neo, ogni pelo. In fondo non c'è molta differenza tra me e le persone che mi prendono in giro: loro ricercano in me ogni difetto, mi fanno del male.

Io pure.

Più guardo meno mi riconosco: sono pelle, cellule, ossa, carne. Sono Medea. Non sono niente.

Eppure, continuo a pensare all'etichetta che mi affibbiano gli altri. Penso a quello che potranno dirmi domani, inventandosi chissà cosa.

Entro in doccia e nel vapore scorgo un'idea netta e nitida: devo scrivere a Leonardo.

Resterà una lettera morta.

Ma da qualche parte, a qualcuno, ho bisogno di dire che esisto. Cosa sento. Chi sono.

3
Giulio

«Tu mi piaci veramente, capisci?»

Spingo Manuela contro il lavandino centrale del bagno dei maschi e la bacio, tenendole una mano sul fianco e l'altra dietro la testa. Non voglio ascoltare i suoi sogni romantici. Non li voglio ascoltare, perché mi farebbero sentire in colpa. Un brivido la scuote, facendole sfuggire un mugolio.

Sento le sue mani che mi si infilano sotto la giacca, sfiorandomi il torace, andando alla ricerca dei muscoli per cui mi faccio il culo quattro volte a settimana. Farà bene a non graffiarmi.

Apro gli occhi e guardo di fronte a me, incrociando nello specchio il mio sguardo. Non posso fare a meno di regalarmi un'occhiata compiaciuta. Il fatto è che mi piaccio, mi piaccio molto. E so di piacere. Questo mi conferisce un vantaggio, un vantaggio di cui spesso approfitto. E mi capita di farlo ai danni di altre persone. Come con Manuela: l'ennesima tacca alla cintura, l'ennesima brava ragazza con la media del nove che non sta capendo più niente ed è convinta di aver trovato l'amore della sua vita.

Manuela si stacca e mi appoggia la guancia sul petto. «Che bello. Sto veramente bene con te.»

Le accarezzo la testa. «Anch'io con te, davvero bene. Era da tanto che aspettavo questo momento.»

«Anche io...» sussurra Manuela. «Quando sono con te dimentico tutto, non penso al mondo che c'è fuori.»

Adesso dovrei scattare la foto, i miei amici si aspettano una prova. Vorrei prendere Manuela per le spalle e dirle: «Hey, Manu, svegliati. Non capisci che è tutta una presa in giro? Non capisci che lo sto facendo solo per farmi quattro risate insieme agli amici?».

Ma forse la persona che dovrei prendere per le spalle... sono io. Guardare me stesso negli occhi, e chiedermi: «Perché lo fai? Lo sai che è sbagliato, lo sai che è da stronzi!».

Ma come potrei fare altrimenti? Non è con la gentilezza che ci si fa rispettare a questa età. E io non ho proprio nessuna voglia di finire dalla parte del gregge.

Riprendo a baciarla, con più insistenza. Ora è lei a essere più decisa. Mentre con una mano continuo ad accarezzarla, con l'altra armeggio nella tasca posteriore dei jeans per sfilarne il telefono. Selfie o foto allo specchio? Selfie, dai.

Apro la fotocamera, alzo il braccio e cerco di inquadrare entrambi. Faccio l'occhiolino, scatto. Foto perfetta. È così presa che non si è accorta di nulla, così presa che potrei approfittarne per inviare subito la foto nel gruppo... Ed è quello che faccio. Poi mi rimetto il telefono nella tasca.

«Che fai?»

«Niente, tranquilla.»

«Giulio, ti andrebbe di vederci da soli? Intendo, fuori di qui, il prossimo weekend, magari.»

È così ingenua. «Intendi… un appuntamento?» dico ammiccando.

«Sì!»

La bacio di nuovo. «Che dolce che sei.» E quanto sei stupida, Manuela. E quanto sono stronzo, io. Devo solo capire se ne vado realmente fiero.

«Allora ci organizziamo per questo sabato?» mi chiede.

«Assolutamente. A sabato.»

«A sabato.» Manuela indietreggia sorridendo, poi si gira dandomi le spalle ed esce dal bagno con un piccolo saltello. Ci crede davvero.

Forse non si meritava questa colossale presa per il culo.

Mi guardo allo specchio, sfodero un sorriso smagliante: sotto la camicia si tendono i miei muscoli. Lo stile c'è tutto, non c'è che dire. Zaino in spalla mi avvio fuori dalla scuola ormai deserta, salutando con un cenno il bidello che sta pulendo il pavimento in fondo al corridoio, col suo grembiule blu.

Il sole mi inonda il viso. Mi lascio invadere dal calore sulla pelle, rigenerato. Inspiro a pieni polmoni. Poi la pace è interrotta da una serie di ululati e applausi.

«Wow, pure con Manuela!»

«Quest'uomo non ha pudore, signori, non ha pudore!»

Mi avvicino ai miei quattro amici, che mi danno una serie di pugni sulle braccia.

C'è Francesco, biondo, secco, amante di tutto ciò che è firmato. Colleziona una serie di insufficienze dietro l'altra, ma suo padre va a giocare a golf col preside, e la promozione per lui non è mai stata un vero problema.

Poi c'è Andrea, rasato quasi a zero, con le sue camicie e i suoi mocassini. Non che gliene freghi niente dell'eleganza, ma è l'arma con cui fa credere alle tipe di essere un raffinato gentiluomo, anche se è un rozzo imbecille il cui passatempo preferito è raccontarci di come raggira qualche poveretta troppo ingenua. Sì, un po' come ho fatto io con Manuela. Mi sa che ce ne sono almeno due, di imbecilli.

Marco, invece, è il fattone della compagnia. Non credo esista qualcosa che non abbia provato, intonaco incluso, anche se per legge di sopravvivenza va giù di canne. Se le paga mettendo da parte i soldi che dovrebbe dare all'insegnante privato di violino: ci va una volta su cinque, e si fa insegnare giusto quelle quattro note per far vedere che i progressi sono lenti, ma ci sono. E il gioco è fatto.

«Dai, piantatela » dico, spingendo via Max. Max, che tra noi è quello un po' più sfigatello. Quello che non può permettersi le stesse scarpe che mettiamo noi, che non ha mai la battuta pronta, che diventa la vittima sacrificale quando ci annoiamo. Perché ce lo portiamo dietro? Per pietà, forse. O perché per farsi accettare da noi è disposto a fare qualsiasi cosa, anche la più stupida.

«Allora? Com'è stato? Dicci!»

«Ragazzi, come volete che sia stato? Ho chiuso gli occhi… e ho pensato alla mamma di Max.»

Scoppiano tutti in una fragorosa risata. Compreso Max. Mi verrebbe voglia di dargli uno schiaffo, anche a lui. E reagisci, no? Non sai rispondere?

«Ma volete sapere qual è la cosa più divertente?» chiedo, prendendo Max sotto un braccio e Andrea sotto l'altro. «Questo sabato ho un appuntamento con lei…»

I miei amici scoppiano di nuovo a ridere. «Altro che mamma di Max» fa Andrea, «stavolta vediamo se ne esci vivo!»

«Ma ci vai davvero?» chiede Francesco.

«Ma sei pazzo?»

«Aspetta, aspetta. Idea! E se ci mandassimo Max?» dice Andrea.

«Eeeh, non oso nemmeno immaginare quei due che si baciano.»

«Horror» fa Francesco.

E Max ride. Scemo, lo capisci che ti stiamo pigliando in giro o no?

«Vabbè raga, leviamoci di qua. Andiamo a prendere un trancio di pizza dal lurido?»

Ci avviamo, lasciandoci finalmente la scuola alle spalle. È il momento in cui cala il silenzio, perché tutti prendiamo il telefono per fare il check social e notifiche.

«Oddio, guardate qua» ci chiama Francesco.

Ci accalchiamo intorno al suo schermo, mentre lui con una mano cerca di creare un po' d'ombra per farci vedere meglio.

«Ma è di nuovo quello sfigato di Costa? Guardate che faccia.»

«Shhh, zitti, zitti!» dico, per sentire che cosa ha da blaterare.

Dall'altoparlante del telefono si diffondono le parole, anche se di tanto in tanto il motore di qualche auto copre l'audio. «... le conseguenze e i traumi di atti di bullismo nati dalla discriminazione, dall'odio e dalla disuguaglianza sociale sono mostri che ti lacerano dall'interno, lasciandoti in balìa dell'ansia, della paura di non essere mai abbastanza e delle paranoie...»

«Anche meno» fa Francesco.

«Guarda, guarda, ora si mette a piangere quasi.»

«Eh, ma che aria incazzata. Ormai non si può più neanche scherzare.»

«Ed ecco di nuovo Leonardo Costa al salvataggio del mondo!»

«Oh, bello, rilassati!»

Commentiamo un po' tutti. Tranne Max. Max ha un sorriso tirato, ma non dice niente. Ogni tanto ride a una battuta, ma poi mi accorgo che i suoi occhi non sono per niente sorridenti. Per un attimo, mi ricorda... No, meglio non pensarci. E poi quella storia è acqua passata.

«Oh, Giulio, ti sei incantato?»

La voce di Francesco mi riporta al qui e ora. Osservo lo sguardo sempre più intenso, sull'orlo dello sdegno, di Leonardo. Vedi un po' se 'sto bastardo deve riportare a galla certe cose.

«Scusa, stavo pensando a quanto se la crede questo. Mezzo milione di follower e si sente in diritto di fare prediche. Registriamo un audio per mandarlo a cagare, ci state?»

«Sì, dai!»

«Aspetta, che cosa gli diciamo?»

«Ma quello che ti pare, Andre, chi se ne frega di quello che dici. Prendiamolo per il culo e via.»

«Okay, siete pronti?» fa Francesco.

Annuiamo tutti. Tranne Max, anche stavolta.

«Via!» dice Francesco, facendo partire il vocale.

Per i primi istanti nessuno sa cosa dire, poi inizia Andrea. «Ciao Leo, bellissimo messaggio. Anche io volevo raccontarti la mia storia. È una storia di sofferenza, inizia su Instagram. Da un video di un influencer che con le sue prediche mi fa cadere le palle. Leo, hai rotto! Tu e i tuoi amichetti gay fatevi un social vostro, e non rompete le scatole al mondo! Ciao bello!»

Francesco interrompe l'audio.

«Ma non mi hai fatto dire niente!» protesto.

«Ma te ne stavi lì a boccheggiare come un pesce senza dire nulla!»

«Mi sa che il limone con Manuela l'ha segnato nel profondo» dice Marco, sghignazzando mentre si rolla una canna con estrema attenzione.

Arriviamo dal lurido, un posticino che fa un'ottima pizza al taglio, untuosa e grassa, da consumarsi rigorosamente sui tavolini del locale, possibilmente ancora più untuosi e ancora più grassi.

«Dai, a domani» dico poi, uscendo.

«A domani.»

«Salutami tua madre, Max.»

«Ahahah, va bene, ciao!»

Lo guardiamo mentre si allontana, prima di salutarci anche noi. «Certo che è proprio un coglione.»

«Già. Ricordatemi perché lo facciamo venire con noi.»

«Bella domanda, Francesco» gli rispondo. «Ma sbaglio o qui qualcuno deve ancora pagarmi una scommessa? Io Manuela l'ho baciata» dico, cominciando a tirare dei pugnetti sul braccio di Andrea. «Paga!»

Marco e Francesco si uniscono alla tempesta di pugni. «Paga! Paga! Paga! Paga!»

«Oooh, ho capito, va bene, pago! Tieni il mio telefono.»

«Con dentro le foto delle tue conquiste, voglio sperare» dico.

«La mia parola è sacra. Tuo il telefono, tua la rubrica, tue le foto che ci sono dentro.»

«Ma c'è anche Paola di terza A?»

«Certo che c'è anche Paola di terza A!»

«Dai, fai vedere» dice Francesco cercando di strapparmi il telefono.

«Eh no, caro mio. Domani, forse, ma stasera sono tutte per me.»

Scoppiamo a ridere, e stavolta ci salutiamo per davvero.

Mi incammino verso casa, sfilando a fianco delle villette di ricconi e figli di papà con Mercedes e Bmw parcheggiate nei vialetti, milf che leggono sui terrazzini di casa o che si crogiolano al sole come gatte sui dondoli, tinte dalle lampade, piastrate e tirate da ore di palestra con i personal trainer.

Descrizione che faccio disprezzando tutto questo, e che eppure rappresenta anche la mia famiglia al 100%. E io? Noi? Quelli come me?

Alunni modello, soci di qualche club, impegnati nel sociale, quando va bene. Quando va male, e cioè il più delle volte, arroganti cazzoni, annoiati, viziati, prevaricatori. Io devo ancora capire da che parte sto. Potrei impegnarmi quel poco che basta per fare il salto da viziato annoiato ad alunno modello. Ma sono disposto a rinunciare al divertimento? Sono disposto a trovarmi una fidanzatina ufficiale che finirei per tradire settimanalmente, ogni volta con una tipa diversa, anche per scommessa, come ho fatto con Manuela?

Se penso che nella rubrica dell'ormai ex telefono di Andrea c'è una lista di ragazze pronte per essere contattate, be', mi rimane ben poca scelta. Quanto vorrei essere migliore di così. Ma poi, di cosa mi vanterei con Andrea, Marco e Francesco? Non voglio certo diventare come quello sfigato di Max.

Entro in casa, deserta. Siano benedetti i viaggi di lavoro dei miei genitori, che li tengono lontani da qui per una buona metà dell'anno. E così la villa è tutta per me. Nemmeno la donna delle pulizie fra le palle: solo io, la PlayStation, vagonate di sushi e pizza a domicilio.

Mi butto sul divano e prendo il telefono. Ignoro una serie di notifiche su WhatsApp e apro Instagram. La home è a dir poco moscia, così vado nella sezione dei contenuti consigliati.

Ci mancava solo la stupidità dell'algoritmo. Per quale motivo è convinto che io sia interessato al messaggio di Leonardo? Hey, Zuckerberg, la tua creatura qui ha un problema.

Riascoltiamolo, va', e facciamoci quattro risate. Dio, ridicolo. E l'espressione che ha, poi! È palese che sia tutta una finta, pagliaccio. È solo un attore, è solo un montato con qualche follower di troppo che cavalca la moda del momento.

Mi fa schifo, Leonardo, mi fa schifo, e mi fanno schifo tutti quelli come lui. Ma che ne sanno loro? Me lo immagino, che riceve il testo da recitare dal suo manager, o dalla sua agenzia, si spruzza qualche goccia di limone negli occhi e il gioco è fatto. Ma poi, perché farsi raccontare i cazzi propri dagli altri? A che pro? Aumentare le visualizzazioni così da firmare contratti più grossi?

Forse è il caso che questo cominci ad abbassare la cresta, forse è il caso di farsi sentire come si deve.

Apro i messaggi privati e scrivo. Cancello, riscrivo. Scrivo, scrivo, scrivo. Poi premo invio.

E scoppio a piangere.

4
Leonardo

«Che intensità, Leo. Che intensità. È proprio quello che voglio da te.»

Annuisco. Dall'altro capo del telefono c'è Giuseppe, il mio manager, e – ovviamente – sta parlando delle mie stories. Abbiamo fatto un botto di visualizzazioni. E non sono soltanto miei follower, ci sono tantissime persone che non mi conoscevano. Non solo: cominciano ad arrivare le prime storie. Storie che parlano di tutti noi. Il mio discorso era incentrato soprattutto sull'accaduto, ma a quanto pare ha incoraggiato molti a parlare degli atti di bullismo subiti per i motivi più disparati.

Anche se, a guardarci bene, si riducono sempre alle stesse cose. L'aspetto fisico, l'orientamento sessuale, eventuali stranezze, la timidezza, il peso, i brufoli. Non so da quanti anni esistono i bulli, non so se è un fenomeno tutto nuovo o, chissà, magari anche Platone e Aristotele venivano bullizzati da ragazzini. Ma che si tratti di 40, 400 o 4000 anni, i bulli di tutte le epoche hanno in comune una cosa, anzi due. La prima è che hanno bisogno di farti sentire piccolo per sentirsi grandi; la seconda è che sono dei dischi rotti. Ripetono sempre le stesse cose. Ed è per questo che voglio raccogliere le storie altrui. Se tutti sapessimo cosa aspettarci, se non fossimo impreparati, sapremmo come rispondere, sapremmo difenderci. E, forse, far capire anche ai violenti, come quelli di Monza, che per loro non c'è spazio.

Mentre Giuseppe blatera non so bene cosa al telefono, scorro tra i dm che ho ricevuto. Sono perlopiù emoji, reactions, messaggi di incitamento. Ma ce n'è uno… uno che mi colpisce. E che per un attimo mi fa pensare che tutto quello che ho fatto – non solo oggi, ma sempre – sia totalmente vano.

Hey, frocetto, ci hai rotto.

Facile fare il paladino della giustizia quando hai una vita perfetta, vero?

Perché non vai a lavorare?

Parli di cose che non conosci, questa è la verità. Tu pensi che noi siamo delle merde, che siamo cattivi? La verità è che ti facciamo comodo, perché tu sei uno sciacallo che vive sulle disgrazie altrui. Almeno noi siamo sinceri. Tu invece sei un falso, un ipocrita. Fai schifo tanto quanto gli altri, non credere. Ti spaccherei quella faccia di merda, davvero :-)

Sì, con tanto di faccina finale.

«Leo, mi stai ascoltando?»

Torno in me. «Sì, Giuseppe, eccomi, scusa. Mi era arrivato un messaggio e mi ero distratto un attimo.»

«Tutto bene? Qualche problema?»

«No, no, no. Figurati, è mia mamma che… vuole che vada a prendere il latte.»

Giuseppe, dall'altra parte, tace per qualche istante. Complimenti per la più stupida delle scuse, Leo. «Uhm, okay. Però ora stammi a sentire. Stavo pensando... non sarebbe bello fare una diretta con un paio delle persone che ti hanno scritto? Potrebbe diventare un format, se funziona.»

«Mmm, tu dici che qualcuno lo troviamo?»

«Ma sì, figurati. Oggi tutti vogliono farsi vedere. E poi ci sei tu, che garantisci sulla serietà dell'operazione. Lo facciamo per creare consapevolezza!»

Sì, come no. Ma te la stai raccontando, Giuseppe?

Comunque, facciamolo. Potrebbe avere un senso. «Va bene, va bene. Ora mi leggo i messaggi e vedo se trovo qualcuno particolarmente interessante.»

«Bravo! Così mi piaci, Leo.»

Giuseppe riattacca. Sospiro: mamma mia che rompipalle. Mi fa *davvero* passare la voglia, a volte. Anzi, mi fa pensare che chi mi manda messaggi come quello in fondo in fondo abbia ragione. Ma io so ciò che faccio. Non è per i like, non è per i follower. È solo per raggiungere più persone possibile. Devo capire, contratto alla mano, se posso liberarmi di Giuseppe una volta per tutte. Prima o poi lo farò... Ma ora vediamo un po' che messaggi mi sono arrivati.

Fortunatamente, gli hater come quello sono pochi. Le storie degli altri, invece, sono i veri pugni nello stomaco. Così tanta sofferenza, così tanto dolore sopportato in silenzio, senza la possibilità di dirlo a nessuno, soli con se stessi.

Com'è possibile che non si sia mai fatto nulla?

Poi un messaggio mi colpisce in modo particolare. Prima di tutto per la sua lunghezza. E poi per quello che dice.

Ciao Leonardo, non so esattamente perché ti stia scrivendo questo messaggio, anche perché le probabilità che tu risponda sono pari al 5%, e forse è meglio così.

Forse è proprio il fatto di sapere che ho pochissime possibilità di essere letta che mi spinge a scrivere.

Questa sera ho sentito le tue parole e trovo che ciò che stai facendo sia davvero ammirevole… ma basta perdere tempo.

Ho un problema con gli specchi. Sì, hai capito bene: un problema con gli specchi.

Li trovo così maledettamente sinceri, tutti d'accordo tra loro e così attenti a non farsi sfuggire niente; sempre pronti a spiattellarti in faccia la realtà, chiunque tu sia.

Il problema è proprio il loro riflesso, o meglio il mio, che faccio fatica ad accettare… e così li evito il più possibile.

Non so dirti il motivo preciso, o meglio sì, lo so benissimo, ma non mi va di parlarne con nessuno. Figurati con uno sconosciuto.

Però una cosa è certa: non è colpa mia.

Non è colpa mia perché questa vocina dentro di me che cresce ogni giorno e si impadronisce del mio riflesso nello specchio me l'hanno messa loro.

Loro, sì, quelli che alle elementari mi chiamavano "pagnotta", "palla", "balenottera".

La ragazza che alle medie mi fece sparire i vestiti nello spogliatoio dopo educazione fisica, oppure quelli che ora che ho perso qualche chilo mi chiamano "quella secca".

Ho passato gli ultimi anni combattendo nell'attesa di essere accettata.

Ma neanche perdere peso è servito: mi ha solo fatto passare da un estremo all'altro.

Ogni mattina mi piacerebbe svegliarmi in riva al mare, circondata dalle persone che amo.

Mi sveglio immaginando una vita senza stronzi, una vita felice, nella quale gli ultimi anni non sono mai esistiti.

Però adesso mi sono resa conto che sono io la persona alla guida, sono io a decidere se la mia auto andrà avanti oppure no. Sono io che stabilisco la mia identità.

Per farlo però ho bisogno di tempo, di nuove esperienze. E, soprattutto, di disintossicarmi dalla maggior parte delle persone che ho intorno.

Okay, basta. Penso di essere uscita dalla mia comfort zone, il che per me è già un enorme traguardo, e ho detto anche tante cose, forse troppe.

Ti mando un abbraccio virtuale,

Medea

Medea. Che nome antico. Eppure così bello e poetico. Un po' tragico, certo. Però nobile. E poi dice delle cose tremendamente vere. Il diritto di affermare la propria identità senza interferenze. Il fatto che, anche dopo essere cambiata, è rimasta il bersaglio di chi se la prendeva con lei. Non andava bene con qualche chilo di troppo, non va bene neanche adesso. Medea non va mai bene, perché qualche stronzo ha deciso così.

Ciao Medea, sono Leo! Il tuo messaggio mi ha davvero colpito. Mi farebbe piacere poter scambiare due chiacchiere con te, per approfondire. E poi avrei una proposta da farti. Tranquilla, nulla di difficile o imbarazzante. Se mi lasci il tuo numero di telefono, potrei chiamarti e spiegarti tutto. Che ne dici? Comunque vada, grazie mille per avere condiviso la tua storia!

Invio il messaggio, e aspetto. Nel frattempo, mi metto a realizzare qualche contenuto per i prossimi post. Ma il telefono vibra subito. Una notifica.

Con sopra un numero. È Medea.

Salvo il numero in rubrica, e la chiamo. Mentre il telefono squilla, sbircio il suo profilo. E devo dire che è proprio bella. Una bellezza inusuale, intensa. Ci sono un sacco di immagini, ma le foto che la ritraggono sono pochissime. Niente storie. Nessun tag. Non ama apparire, ma non mi sorprende, dopo i suoi racconti. È molto probabile che la telefonata sarà un buco nell'acqua.

«Pronto?»

«Pronto, Medea? Ciao, sono Leonardo! Ti disturbo?»

«C-ciao. No, nessun disturbo. Ma… sei tu?»

«In carne e ossa. Cioè, scusa, a voce, non in carne e ossa… Ma sì, sono io. Come stai? Tutto bene?»

«Sì, sì. Tutto bene. Wow, pensavo che non avresti nemmeno letto il mio messaggio!»

«E invece… La tua storia mi ha davvero colpito, Medea. A proposito, che bel nome. Strano, ma bello. Che cosa significa?»

«È una tragedia greca che racconta la vendetta di una donna, Medea appunto, nei confronti del marito, Giasone. Probabilmente mia mamma aveva già previsto che la mia vita sarebbe stata una tragedia.»

Lo dice ridendo. Un po' di autoironia ci sta, fa stare meglio.

«Ahahah, ma va', non dire così! Senti, volevo chiederti una cosa. Sto ricevendo davvero tantissime storie. Mi piacerebbe incontrare dal vivo qualcuno tra quelli che mi hanno risposto, e magari fare una specie di intervista.»

Medea non risponde, il telefono d'un tratto diventa muto. Nemmeno più il classico fruscio. «Pronto? Sei ancora lì?»

«Sì.»

«Che ne pensi? Forse non mi sono spiegato bene, perdonami.»

«No, è chiaro.»

«Ma non sei convinta.»

«No.»

Ecco, appunto: un buco nell'acqua. In effetti, che cosa potrebbe mai spingere una persona a rivelare al mondo di aver subito per anni atti di bullismo?

«Posso chiederti che cosa non ti convince?»

La sento inspirare a fondo. «Difficile da spiegare. Diciamo che forse non ho bisogno di attirare ulteriormente l'attenzione dei miei compagni di classe. Sono già il loro bersaglio, non mi serve dargli un'altra scusa per prendersela con me. Ci manca solo finire in una delle tue storie, sarebbe come mettersi sulla testa una gigantesca insegna luminosa con su scritto "Hey, sono qui". Quello che vuoi fare è bellissimo, ma… che succede dopo? Come potrei affrontarli?»

Medea non ha tutti i torti, la capisco. I suoi timori sono legittimi. Tentiamo un approccio più laterale.

«Senti, ma perché non proviamo a vederci, intanto? Scambiamo due chiacchiere di persona, ci raccontiamo le nostre esperienze. Poi, se vuoi, facciamo una storia insieme. Oppure io prendo appunti sulla tua esperienza, e la racconto senza fare il tuo nome. Potrebbe andare?»

Il silenzio che arriva dall'altra parte mi fa capire che nemmeno stavolta ho fatto centro.

«Leonardo, ti ringrazio, davvero. Ma... io e te non siamo uguali. Tu hai un pubblico, sei popolare. Puoi permetterti di sfidare apertamente certa gente.»

«Ma no, Medea, perché dici così? Anche tu puoi farlo!»

«Perché è così. E no, non posso affrontarli. Non saprei proprio come fare. Mi dispiace, Leo, davvero. Ma grazie lo stesso. Ora devo proprio andare.»

«Aspetta!»

Ha già riattaccato? Non posso lasciare Medea così. Sarebbe una sconfitta.

«Sono qui» mi risponde. No, non ha riattaccato. E questo vuol dire soltanto una cosa: che, sotto sotto, mi sta chiedendo davvero di darle il coraggio che cerca. Ma che cosa mi invento?

Nervosamente, per scaricare la tensione, apro Instagram, scorro messaggi a caso. Poi mi cade l'occhio su quel messaggio. Il messaggio di questo tale, Giulio, così pieno di odio, strafottenza e arroganza. E mi viene un'idea. Un'idea geniale. O forse soltanto stupida.

«Medea, stavo pensando... tu vuoi davvero che ti dimostri come questi deficienti siano più deboli di noi? E che siamo noi, in realtà, quelli davvero forti?»

«Non penso sia possibile, ma sì.»

«Allora ascoltami bene. Ho ricevuto un messaggio da parte di un frustrato. Mi dà del frocio, del viziato, ha detto che mi vuole spaccare la faccia e bla bla bla.»

«Mi dispiace.»

«Ma figurati, questo è uno dei più gentili. Ma quello che non capisco è il perché. Le sue motivazioni. Che ne dici di un incontro a tre? Io, te e lui.»

«No! Non se ne parla. Ma sei pazzo?»

«Niente affatto. Voglio dimostrare che è soltanto un vigliacco, niente di più.»

«Ma quello ti vuole spaccare la faccia!»

«Figurati se mi spacca la faccia in un luogo pubblico. E poi noi saremo in due, io e te.»

«Mmm.»

«Medea, fidati. La verità è che non verrà proprio.»

Silenzio.

«Dai.»

Silenzio.

«Poi ci facciamo due chiacchiere e due passi. Ci mangiamo un gelato. E se ho ragione io, offri tu.»

«Devo pensarci su.»

«Quindi non è un no.»

«Non è nemmeno un sì.»

«Dai, Medea… Okay, non voglio insistere.»

La sento sospirare.

«Va bene. Vengo.»

«Grazie.»

Ce l'ho fatta. Ora però manca il terzo vertice del triangolo, Giulio. Non verrà, ne sono sicuro, ma perché non provarci? Apro la chat e gli mando un vocale.

«Ciao Giulio, sono Leonardo. Bel messaggio. Poco originale, se posso permettermi. Sarà il milionesimo che mi arriva di questo tipo. Ma visto che sei il milionesimo, penso che ti spetti un premio. Chissà, magari ti va di dirmele in faccia, queste cose. O forse hai paura? Probabilmente sì, come gli altri 999.999 stronzi che mi hanno scritto prima di te. Io e una mia amica, Medea, vorremmo incontrarti questo sabato pomeriggio a Milano, in piazza Duomo. Ma qualcosa mi dice che non verrai… O vuoi dimostrare di essere un po' più coraggioso di quelli prima di te? Fammi sapere.»

Lo schermo rimane immobile per svariati secondi.

Infine, un messaggio.

Ci sarò, buffone.

5
Leonardo

Poche cose mi fanno sentire un figo incredibile quanto i miei occhiali da sole rotondi. Soprattutto quando indosso una bella camicia dai motivi floreali, un paio di jeans, delle Vans e sorseggio un bubble tea di quelli buoni. In compenso, poche cose mi fanno sentire scemo quanto aspettare sotto il cocente sole milanese dei primi di giugno. Perché mi dimentico ogni volta di quanto sia torrida piazza Duomo? Aspetto seduto sui gradini del sagrato guardandomi intorno in attesa di Medea.

«Leonardo? Sei tu?»

Mi volto di scatto. È lei. E per poco non le sputo il bubble tea addosso per la sorpresa. Short di jeans: neri. Top: nero. Anfibi: neri.

«Medea!» Mi alzo e l'abbraccio.

«Be', piacere di conoscerti!»

Ci stringiamo la mano. Non posso fare a meno di squadrarla centimetro per centimetro. Dai capelli castani al trucco dark, passando per il rossore delle guance (chissà se per la fretta di arrivare qui o per l'imbarazzo), dalla linea del collo fino alle scarpe nere in cui terminano le sue gambe. Cos'ha questa ragazza che non va? Per quale motivo la prendono in giro? Ha una personalità così forte che è impossibile non notarla... Mi sorride, ma sento che dietro il suo sguardo c'è del ghiaccio. È evidente che si sia costruita una barriera per proteggersi dal mondo, un sistema di difese formidabili pronte a silurare la minima minaccia proveniente dall'esterno. Tutt'a un tratto ho il timore di commettere qualche passo falso.

«Dunque... l'altro non è ancora arrivato?» mi chiede.

«No. Ma me l'aspettavo. Che ti avevo detto? Un leone da tastiera, niente di più, niente di meno. Vuoi un bubble tea?» le dico tendendole il bicchierone.

«No, ti ringrazio. Quelle palline mi fanno un po' senso. Mi sembra di inghiottire dei girini.»

Rido di gusto. «Be', ora mi hai fatto venire voglia di trovare un cestino e di sbarazzarmi al più presto di questa roba. Non vuoi niente? Sicura?»

Medea scuote la testa, silenziosa. Timidezza? No, forse qualcosa di più simile all'ostilità.

«E così nella tua classe qualcuno si diverte a darti fastidio.»

«Già.»

«Eppure... Be'...» Come posso dirglielo?

«Okay, vuoi dirmi che non sembro la solita sfigata del cazzo, esatto?»

«Sì, be'... è solo che... mi sembri una persona parecchio sicura di sé, a dirtela tutta. Questo vuol dire che hai il controllo su te stessa, sulla tua identità.»

«Vorrei fosse così... vorrei fosse così per me e anche per la mia amica Yasmine» mi dice. «Lei è musulmana e indossa il velo, ma quello che non riesco a farle capire è che ha tutto il diritto di farlo senza temere che qualcuno le rompa le palle… Così come io dovrei sentirmi libera di vestirmi come voglio.»

«Hai tutte le ragioni del mondo, Medea. Anche se…»

Ammutolisco improvvisamente e strizzo gli occhi, guardando in lontananza. Vedo un volto familiare. Sbatto le palpebre. Non è un miraggio del sagrato del Duomo. Sembra proprio lui. A quanto pare, ho sbagliato i miei calcoli.

«Tutto bene, Leonardo?» mi chiede Medea.

«È lui» dico.

Indossa una camicia, dei jeans e delle scarpe un po' lerce. Alza il braccio a mo' di saluto, sfoderando un sorriso bianchissimo, ancora più evidente nel contrasto con la pelle leggermente abbronzata. Il solito figlio di papà, a quanto pare.

Piuttosto carino, devo ammetterlo.

Medea nel frattempo si è voltata e lo osserva. Con molta attenzione. Molta, molta attenzione.

«Tu devi essere Leo» dice lui, ancora a qualche metro di distanza. «Io sono Giulio» si presenta, sorridendo e tendendomi la mano.

Ma come? Me ne hai dette di tutti i colori in chat, e ora vieni qui, come se nulla fosse, a presentarti senza nemmeno chiedere scusa, con tutta la tranquillità del mondo? La sua stretta è calda, asciutta e forte. Sulla mia non ci metterei la firma. Giulio cerca di nascondere la mano, mentre se la passa sul pantalone. Bel gesto.

«Hai perso la lingua? Su Instagram non fai altro che parlare!» mi dice.

«Stavo guardando se ti fossi portato dietro una spranga.»

«Una spranga?»

«Per rompermi la faccia.»

«Ma dai, non dirmi che te la sei presa per una battuta. E fattela una risata, su. Piuttosto, quando arriva l'altra tizia? Così mi dite quello che mi volete dire, io vi dico quello che volete sentire, e poi torniamo a farci ognuno i cazzi suoi» dice. Solo che non guarda me. Guarda Medea. La sta passando praticamente ai raggi X.

Ora è lei ad allungare la mano. «Sono l'altra tizia. Piacere, Medea.»

Le labbra di Giulio per un attimo si schiudono in una "O" di stupore, prima di trasformarsi in un inscalfibile sorriso smagliante. «Molto, molto, moltissimo piacere, Medea. Non ti ho ancora conosciuta e sei già una sorpresa» le dice, stringendole la mano.

«Anche tu sei una sorpresa. Devo solo capire se di quelle buone o di quelle cattive» lo punzecchia Medea.

Picchia duro, la ragazza.

«Oh-oh, potrei quasi sentirmi offeso» dice Giulio, dandomi una spintarella scherzosa sulla spalla. Però forse teme davvero di essere rifiutato così, su due piedi, a un primo sguardo.

«Chi ti aspettavi? Una specie di caso umano? Una cozza pelosa? Sono gli shorts che ti fanno andare fuori di testa?» Non riesco a trattenere un sorriso, annuisco compiaciuto, mio malgrado.

Ops. Giulio mi guarda, mezzo incredulo. «Uh, attenzione. Pensavo tu avessi altri gusti. Questa sì che è una sorpresa.»

«Perché non ti aggiorni? Siamo nel 2020, hai mai sentito parlare di sessualità fluida?»

«Vagamente, ma preferisco altri tipi di fluidi» dice Giulio, facendo l'occhiolino a Medea.

«Bella battuta, trovi anche qualcuna che te la dà quando sei così simpatico?» fa Medea.

Giulio mi guarda ancora. «Hey, siamo sicuri che il bullo sia io, qui? Tra un po' questa ragazza mi farà piangere.»

Effettivamente sono sorpreso anch'io. È proprio vero che al di là di uno schermo le cose cambiano. E parecchio, anche. Dovevo essere io il padrone della situazione, e invece sono preso in mezzo tra due fuochi: da una parte una ragazza che ha la stessa grinta e implacabilità di un carrarmato, dall'altra un tizio che sembra aver cancellato tutto quello che mi ha vomitato addosso in chat e che accetta con ironia una situazione di cui non detta le regole. Urge riprendere in mano la situazione, sennò che cosa racconto?

«Okay, sentite, perché non ci mettiamo all'ombra e facciamo due chiacchiere? Potremmo andare verso il castello e trovare una panchina al parco.»

«Romantico. Ma non è un po' troppo presto per una cosa a tre?» dice Giulio. I suoi maledetti denti bianchi e perfetti mi ipnotizzano. Non riesco a rispondergli come vorrei e come dovrei.

«Io e Medea ci penseremmo un miliardo di volte, prima di finire in una tresca con un hater che su Instagram si diverte con insulti omofobi e minacce.»

«So parlare, grazie» dice Medea, piccata. «Ma, in questo caso, sottoscrivo.»

Giulio scuote la testa. «Vedete quanto siete noiosi? Poi vi lamentate se la gente se la prende con voi. È per ridere, per scherzare. Ma voi avete sempre la testa e la bocca piena di tutte queste parole come inclusività, gender, pride, diritti e che noia… Dovreste farvela davvero, una risata. Alle assemblee di istituto o alle autogestioni non potete fare come tutti gli altri?»

Non ho parole. Non ho davvero parole. Per questo imbecille

è tutto una sorta di grande gioco. «Un ragazzo l'altro giorno è quasi morto per le botte, e solo perché era gay! E io dovrei farmi una risata?» Qualche passante mi guarda. Forse ho alzato troppo la voce.

Giulio muove la testa un po' di qua e un po' di là, come un ragazzino che non ha voglia di farsi fare la predica. «Ma che c'entra, dai… quella è violenza, è un'altra storia. Le mie sono soltanto parole» dice. Ma per un attimo gli trema la voce, poco prima di dire "parole". Si schiarisce la voce, e in un istante, rieccolo, il suo sorriso è tornato.

«Mi hai scritto che volevi venire a rompermi la faccia, mi hai insultato, mi hai dato del frocio… Cosa dovrei pensare di te? Il tuo messaggio ero pieno d'odio, altro che leggerezza.»

Giulio scuote la testa. Guarda Medea, indicando me. «Tu sei d'accordo con lui?»

Medea annuisce. Giulio è incredulo. «Ma dai, a te chi ti deve insultare? E perché, poi? Per caso hai un po' troppi tipi sparsi qua e là?»

«Mi hai appena dato della zoccola, non so se te ne rendi conto.»

«Hey! Ho chiesto soltanto. E poi mi piacciono le ragazze che vivono liberamente la loro sessualità.»

«Spero per te che anche tu piaccia a loro, ma qualcosa mi dice di no» risponde Medea. «Comunque, Leonardo, che cavolo stiamo facendo qui? Mi sembra che stiamo solo perdendo tempo.»

Sospiro. Medea ha ragione, ma non so cosa fare. Ho l'impressione che qui i miei programmi siano completamente saltati.

«Scusa, Medea. Speravo che Giulio potesse dimostrare un minimo di tatto. A quanto pare, non avevi tutti i torti. Ma quando manca il senso della vergogna, che si può fare?»

«Hey, stai calmo. Ti ho solo detto come la penso» spiega Giulio. «Non tirare in ballo la questione di Monza, perché non c'entra. Io e i miei amici non facciamo male a nessuno. Qualche scherzo, al massimo, ma nulla di pesante.»

«Questo forse dovresti lasciarlo decidere a chi li subisce, gli scherzi. Non credi?» chiedo.

«Nessuno si è mai lamentato.»

«Grazie al cazzo! Forse perché nessuno aveva voglia di farsi prendere ancora per il culo!» fa Medea.

«Ragazzi, mi state davvero martoriando le palle. Facciamo una cosa. Leo, ti ho offeso? Ti ho mancato di rispetto? Ti giuro che non volevo farlo. Se l'ho fatto, ti chiedo scusa. Volevo solo farmi due risate con i miei amici. Tutto qui. Non lo faremo più. Staremo più attenti. Felice? Ora scusa, ma stasera ho una festa a casa mia. Devo andare.»

Sì, come no. L'ennesima di tante scuse fasulle; la gente è bravissima a chiedere scusa a danno fatto. Alla fin fine, la colpa è sempre di chi si offende.

«Hey hey hey, non credere di cavartela così. Lo ammetto, non pensavo saresti venuto qui» dico. «Ma mi piacerebbe vedere che hai il coraggio di scusarti anche davanti ai tuoi amici. Vengo anch'io alla festa. Ti dispiace?»

Sto facendo una cazzata? Può essere, ma ormai è fatta.

Giulio esita. Si guarda attorno, alla ricerca di una via di fuga.

«Avanti, qual è il problema?» lo incalzo. «Avvertili, i tuoi amici. Devono solo essere gentili con me. O hai paura che vedendoti in mia compagnia possano considerarti un po' meno etero?»

«Hey, guarda che io sono eterissimo!» risponde Giulio. Sembra arrabbiato.

«Se ne sei così certo, non c'è bisogno di agitarsi» dico.

«Vaffanculo» dice lui, facendo per andarsene. Tutt'a un tratto la sua sicurezza sembra essersi volatilizzata.

Questa reazione non me l'aspettavo proprio. Deve esserci qualcosa sotto. Ma cosa? Perché ha reagito così male?

Forse nasconde qualcosa, a me e a se stesso. Qualcosa che si trova sul fondo del suo sguardo, e che vorrebbe uscire, ma non può, perché vengono prima rabbia e paura.

«Non c'è niente di male ad avere paura!» gli grido dietro.

Giulio si ferma. Vedo le sue spalle che si alzano e si abbassano. Un lungo sospiro. Quando si gira, è tornato padrone di sé e della situazione. «E va bene, vieni alla festa, è da me, in Brianza. Ma deve esserci anche Medea.»

«E perché non lo chiedi a me?» dice lei, inserendosi. «Comunque vengo. Meglio che Leonardo abbia un po' di compagnia, se i tuoi amici sono come te.»

«Adesso hai anche la bodyguard, vedi?» scherza Giulio.

Uhm. Vederlo di nuovo così sicuro e sprezzante mi fa pensare che forse sia stata un'idea stupida. Però ormai è tardi per tirarsi indietro. Andiamo fino in fondo.

Anche perché, in qualche strano modo, sono curioso. Sono curioso di vedere dove e come vive Giulio, curioso di scoprire come reagiranno i suoi amici quando vedranno me, dopo avermi mandato vocali idioti, curioso di vedere se davvero posso stabilire un rapporto con loro e, magari, far loro capire dove e perché sbagliano.

Ma Giulio sembra già avermi dimenticato. Il suo sguardo è fisso su Medea. «Ci divertiremo, vedrete!»

Il suo sorriso splende. E io mi inquieto un po'.

6
Giulio

Il trillo del campanello si sente a malapena, coperto dal pulsare della doppia cassa che ho portato per l'occasione. Mi alzo trascinando le infradito sul marmo del pavimento, in mano ho un white russian e addosso un accappatoio marrone. I miei amici non sapranno cogliere la citazione.

Apro la porta: sotto il portico all'ingresso ci sono Francesco, Andrea, Marco e delle tipe. Ma non è tutto: oltre a odore di canna, c'è già una fila di imbucati che non vedono l'ora di entrare. Ma in fondo, senza gente a caso, non è una vera festa.

«Vedo, anzi, sento» dico sniffando l'aria, «che per Marco la festa è già cominciata.» Marco annuisce solennemente, come se gli avessi appena recitato un passo biblico.

«Ma come ti sei vestito? Sembri un cretino» mi fa Francesco, squadrandomi da capo a piedi.

«Forse un cretino c'è, ma qui» dico, picchiandogli la punta del dito indice in mezzo alla fronte, «c'è uno che non sa niente di niente dei capolavori del cinema, e dovrebbe vergognarsi. Max non è venuto?»

«Ma figurati, sarà a casa a piangere. O a vedere film porno. O a piangere vedendo film porno» fa Andrea. «Oh, ma ci lasci entrare?»

Mi faccio di lato, mimando un inchino. «Prego, signori. Madamigelle, lasciate alla porta ogni pudore.»

Andrea, Marco e Francesco entrano ululando come degli ultras. «La radiamo al suolo 'sta baracca!»

Le ragazze entrano ridacchiando ed emettendo gridolini. Mi diverto a osservare le loro espressioni mentre varcano la soglia. C'è chi spalanca la bocca per lo stupore, chi si è già pentita della gonna troppo corta che ha indossato e continua a tirarla verso il basso, ma dopo due passi è di nuovo punto e a capo.

Poi sfilano gli imbucati. C'è anche quel tizio, mi pare si chiami Carlo. Si aggira sempre come una specie di lupo solitario, cupo, sempre un po' a disagio, con il suo look da skater. So che è pieno di soldi, ma ti dà sempre l'impressione che sia sul punto di rubare qualcosa.

«Ciao, Carlo» gli dico.

«Ciao, Giulio» mi fa senza guardarmi. Sì, va bene: mi sono fatto la sua tipa, quando stavano ancora insieme. Ma queste cose succedono, no?

«Hey, non fare casini, okay?» gli dico.

Francesco mi dà di gomito, mentre Marco e Andrea si fiondano sul buffet e sulle birre, cominciando a stappare e a versare più per terra che nei bicchieri. «Oh, non è vero che c'è Costa. Era una cagata.»

Sorrido, mentre perdo di vista Carlo. «Mi sottovaluti» dico indicando il soffitto sopra di me. «Si sta raccontando non so cosa con una tipa.»

«Una tipa? Costa?»

Una tipa, sì, e anche bella. Pensavo di trovarmi una sfigata obesa e con le ascelle pezzate, e invece salta fuori 'sta tipa con due gambe chilometriche. È un po' una rompicoglioni, eh, tutte quelle menate sul bullismo, femminismo e palle simili… Però è tanta roba.»

«E stanno…?»

«Ma figurati! Con quello lì?»

Dalla cima delle scale spuntano quattro scarpe che cominciano a scendere i gradini, incerte. Leo e Medea. A momenti, con la musica, non ce ne accorgevamo.

«È tutto chiaro?» dico a Francesco.

«Gli facciamo fare la figura dell'idiota.»

«Esatto, lo mettiamo in imbarazzo, ma senza fare cose per cui possa accusarci di averlo "bullizzato", capito?»

Francesco annuisce. «E lei? Ammazza che gambe.»

«Lei niente, vediamo come va la serata.»

Gli sferro un pugnetto sulla spalla, poi vado incontro a Leo e Medea.

«Andre, abbassa la musica!» grido. «Oooh, Leo e Medea, i paladini della giustizia che scendono dai cieli per mescolarsi a noi comuni mortali!»

Fragorosa risata alle mie spalle. «Signore e signori, ed ecco a voi una misteriosa creatura nota come influencer» dico, poi sferro una pesante pacca sulla spalla a Leonardo, che fa un passettino in avanti per non perdere l'equilibrio e, con un gesto di stizza, si leva la mia mano di dosso.

«Potete chiamarmi Leonardo. Grazie.»

«E la bella col broncio, qui, invece, si chiama Medea. Non fatevi trarre in inganno: sta zitta e buona ma quando meno te lo aspetti salta su come una serpe.» E, a giudicare dalle occhiatacce e dai sussurri che si scambiano le altre tipe, l'hanno già presa di mira.

Batto le mani. «Allora, Medea, Leo. Ve ne state lì imbambolati o vi unite alla festa?»

Le ragazze accerchiano Medea, i ragazzi accerchiano Leo, e tutti e due vengono sospinti verso birre e patatine.

Sento la voce di Leo. «Non avete della Coca-Cola?»

«No, però se vuoi abbiamo del latte caldo con il Nesquik» dice Francesco. «Dai, prendi 'sta birra e non rompere! O Giulio si offende. Queste cose le ha comprate apposta per noi, sai?»

Sì, non è proprio così. Ho attinto come al solito alla carta di credito dei miei genitori. Ne ho accesso illimitato, perché per loro sono un bravo ragazzo, responsabile, con la testa sulle spalle. O, almeno, sono riuscito a farglielo credere.

Lascio Leo alle amorevoli cure dei ragazzi, e mi dirigo verso Medea. Se i miei calcoli sono giusti, in mezzo a quelle arpie finirà per vedere persino me come il suo salvatore, il suo cavaliere in armatura scintillante. Anche se si tratta di un accappatoio marrone.

«Da Primark l'altro giorno volevo svuotare gli scaffali, ma alla fine ho preso soltanto tre paia di pantaloni, due camicette e degli orecchini. Come sono?» sento chiedere da una delle tipe.

«E tu vai spesso a fare shopping? Sei più una da Asos o da Zara?» chiede un'altra a Medea, che fissa la sua interlocutrice come se fosse una specie di alieno. Direi che è arrivato il momento di intervenire. «Ragazze! Vi dispiace se vi rubo Medea per un paio di minuti?»

Le cingo le spalle e la trascino via da quel circolino di condor.

«L'hai fatto apposta, vero?»

Non perde tempo, la ragazza. Erano così evidenti le mie intenzioni?

«Sì e no. Le ho sottovalutate. Pensavo avrebbero fatto finta di socializzare un po', prima di cercare di azzannarti alla gola.»

«Senti, che ci facciamo qui? Se è perché vuoi farti una storia con me, puoi mandare a casa tutti già adesso.»

«Wow, vuol dire che per te va bene?»

«No, vuol dire che questa festa è inutile, quindi finiscila qui.»

«E dai, Medea. Non ti ho nemmeno fatto vedere la casa.»

«Farmi vedere la casa? Ma cosa sei, una cinquantenne con i bigodini che ha invitato le amiche a prendere il tè? E poi, fammi capire: dovrei ammirarti perché hai la fortuna di vivere in una bella casa? Guarda che non hai nessun merito nello stare qui. Hai solo avuto una grandissima botta di culo e due genitori che a quanto pare non hanno problemi di grana. Della tua casa non mi importa assolutamente nulla. E anche questa festa fa schifo. L'unica cosa decente è che sembri Drugo.»

Sorrido. È appassionata di cinema anche lei! Forse qualcosa in comune lo abbiamo. Si sta scocciando, ma non le sono totalmente indifferente. «Ti stai annoiando, ho capito. Bene, direi che è il momento di ravvivare la serata.»

La prendo per mano e me la tiro dietro, raggiungendo il resto del gruppo. Non credo a quel che vedo: tutti seduti, chi sul divano, chi a terra, chi sul tappeto, in silenzio, con le bocche mezze aperte e gli occhi illuminati da una scintilla di interesse che di solito si accende solo per il calcio e il make-up.

«... possiamo sognare un mondo dove non solo non esistano discriminazioni, ma nemmeno prese in giro. Dove tutti siamo considerati per il bene che facciamo agli altri, e non perché una mattina ci svegliamo con un chilo o un brufolo in più, o attratti dalle persone del nostro stesso sesso. Tutti, tutti, tutti noi abbiamo qualche difetto, o qualche aspetto poco comune che la società accetta poco volentieri. Dobbiamo avere paura di essere derisi e indicati come dei freak solo per questo? Io dico di no, io dico che possiamo convivere tutti facilmente, sostenendoci gli uni con gli altri. Maschi, femmine, neri, bianchi, alti, bassi, magri, grassi, fashion victim o no!»

Leo è un fiume in piena, ma finalmente prende fiato. Poi fa per bere la birra, ma si accorge che la bottiglia è vuota. Gliela strappo di mano: «Bravo, ottima campagna elettorale. Sarai il prossimo presidente del Consiglio. Ora, però, gioco della bottiglia!».

Annuncio cui segue la classica reazione maschi/femmine. I maschi esultano come gorilla, tra le femmine è tutto un "Nooo daiiii" per salvare le apparenze. «Tutti seduti in cerchio! Sì, Medea, anche tu!» dico, afferrandole un braccio e tirandola giù di fianco a me.

Leo è già seduto. Ho come l'impressione che sia un po' brillo.

Poi, nell'attimo preciso in cui tutti tacciono, arriva la voce di Medea. Atona, scocciata, supponente.

«Il consenso democratico, il senso di partecipazione, è ben altra cosa.»

Ci voltiamo a fissarla. A giudicare dalle espressioni dei presenti, quasi nessuno ha idea di che cosa stia parlando.

«E poi ho sempre pensato che fosse un gioco da sfigati. Fatto apposta per chi vorrebbe tanto limonare qualcuno ma non ci riesce, e allora spera che ci pensi la bottiglia a regalargli questa incredibile emozione. Terribile.»

Una delle altre ragazze scoppia a ridere. «Ahahahah! È vero!»

Ma poi si accorge delle occhiate di gelo di tutti gli altri e arrossisce. «Posso girarla io la bottiglia?»

Le faccio cenno di accomodarsi. Un attimo dopo, accompagnata da un tintinnante ronzio, la bottiglia di vetro verde vortica rapidamente su se stessa. Poi si ferma su Marco.

Lui la fissa, come se stessero comunicando telepaticamente.

«Va bene, però niente baci gay!»

«Sì, sì, niente baci gay!» dicono Francesco e Andrea guardando Leo.

Leo scuote la testa, rassegnato. «State tranquilli, piuttosto che baciare voi prima mi taglio la lingua e poi mi sigillo la bocca con l'attack.»

«Hey, questa è un po' una frase da bulli, sai? La mia sensibilità potrebbe risentirne» dice Francesco.

«No, questa non è una frase da bulli. Questa è la frase di una persona che non vuole scambiare la sua saliva con la vostra.»

«Va bene, va bene, ora giriamo 'sta bottiglia però» dico. La bottiglia si sposta un po' di lato, poi comincia a girare su se stessa. Quindi, piano piano, si ferma sulla ragazza alla destra di Marco. Lei si picchia una mano sulla testa, sorridendo e chiudendo gli occhi, poi si volta verso Marco. Marco si sporge in avanti. Si baciano, accompagnati da strilli e ululati tribali.

«Okay, grazie» fa Francesco. Sembra un po' infastidito. Chissà che non avesse delle mire sulla tipa? Si allunga verso la bottiglia e dà un altro giro.

La bottiglia si rincorre come un cane che cerca di mordersi la coda. Poi si ferma dritta verso me.

«Oh, finalmente stasera si limona!» dico, fregandomi le mani e guardando le ragazze, che mi osservano con sguardi a dir poco famelici.

«Avanti, Giulio, girala, girala!» mi incitano le ragazze. Non vorrei esagerare, ma una di loro potrebbe avere le dita incrociate dietro la schiena.

Do un bel giro alla bottiglia, che stavolta vortica più veloce del solito, anche troppo, perdendo stabilità e cominciando a oscillare, picchiettando sul pavimento.

«Non voglio vedere, non voglio vedere!» dico chiudendo gli occhi, per fare lo stupido. Sento la bottiglia che smette di girare. E poi solo il silenzio. Nessun commento.

Apro gli occhi. La bottiglia punta dritta dal lato opposto a me. Perfettamente simmetrico. Seguo il vetro per tutta la sua lunghezza, lungo il collo, e poi alzo lentamente lo sguardo, finché i miei occhi non si trovano fissi nello sguardo di Leo.

Lui non batte ciglio. Mi fissa con un'intensità che è molto diversa dallo sguardo vacuo dell'ubriaco. Non è intimidito, non lascia trapelare praticamente nessuna emozione.

E gli altri perché cavolo non dicono nulla? Perché non parlano?

«Be', vi siete incantati?» dico, rompendo quello strano momento di lungo imbarazzo. «Niente baci gay, l'abbiamo detto.»

Giro la bottiglia, ma stavolta ci metto davvero troppa forza, e schizza via verso una delle ragazze. «Hey!»

Sorrido, contraendo il bicipite. «Potete chiamarmi Ercole...»

In mezzo alle risate, rimetto la bottiglia al centro, e giro di nuovo. Stavolta, il movimento è perfetto. La rotazione è ritmica, dolce, regolare. Come una ruota che intreccia destini, e che qui è piegata a incrociare lingue per un gioco molto più insulso.

La bottiglia comincia a rallentare. Non è più una trottola dove testa e coda si confondono in una sola cosa, ora si può seguire con attenzione mentre passa da una persona all'altra, quasi come se fosse una cosa viva, un dito puntato che oscilla incerto da uno all'altro, indeciso su chi farmi baciare.

Medea.

È Medea. La bottiglia indica lei. La vedo inspirare, le spalle che salgono brevemente per poi afflosciarsi, gli occhi che si chiudono. Poi si gira verso di me e, senza darmi il tempo di dire niente né di muovere un solo muscolo, mi bacia.

Sento le sue labbra che premono con violenza contro le mie, quasi sbilanciandomi all'indietro. Le poggio una mano sul collo, sospingendola lievemente indietro, frenando il suo impeto. La sua bocca si schiude appena. Tolgo la mano, e sono sicuro che in quel momento si ritrarrà, perché lei questo gioco non voleva farlo, perché era un gioco da sfigati, perché a questa festa non ci voleva nemmeno venire, e invece eccola qui, con le sue labbra incollate alle mie, un bacio che sembra quasi rabbioso, e per un istante quasi sento il disprezzo che fluisce dal suo corpo verso il mio, come una condanna per ciò che sono, per tutti quelli come me che hanno preso in giro quelli come lei e Leonardo.

Un bacio che sa di veleno.

7
Medea

Mi è piaciuto.

Ho baciato Giulio e mi è piaciuto. Inutile negarlo. Mi sono lanciata su di lui per farla finita il più in fretta possibile e non lasciargli nemmeno il tempo di reagire e goderselo, quel bacio. E invece, appena c'è stato il contatto, sono rimasta incollata lì e non sono riuscita a staccarmi. Ma che dico: non ci ho nemmeno provato, a staccarmi. È stato un vero e proprio blackout dal quale non mi sono ancora ripresa: non so che cosa pensare, che cosa fare, come cancellare tutto. Che stupida.

Se solo si potesse tornare indietro. E, non so perché, ma quasi mi sento in colpa nei confronti di Leo. A malapena ci conosciamo, e di sicuro lui non ha mostrato nessun tipo di interesse particolare nei miei confronti, eppure…

Eppure, mi sembra di averlo tradito. Sono passata dalla parte del nemico? Forse sì. Forse non avrei dovuto lasciarmi andare così con un tizio ricco sfondato, viziato, che si prende gioco del primo che gli capita sotto mano e, per farsi due risate, minaccia di menarlo. Perché cavolo dovrebbe piacermi un bacio con un tizio del genere? Se la me stessa di ieri potesse parlare con la me stessa di oggi, probabilmente prima riderebbe, poi mi tirerebbe uno schiaffo. E a Yas chi lo dice? Cioè, dovrei dirglielo? Certo, potrei tenermi tutto dentro, ma a qualcuno dovrò pur raccontarlo. E, per quanto in questo momento sia intontita e obnubilata, so bene che non esistono altre persone a cui possa rivolgermi, oltre a Yasmine. Nel migliore dei casi, smetterà di rivolgermi la parola. Nel peggiore… mah, potrebbe mai andare peggio di così?

Tutta colpa di Leo, poi! Tutta colpa sua, soltanto sua. Lui, con tutte le sue teorie, il suo volermi dimostrare che eravamo più forti, che Giulio non sarebbe nemmeno venuto in Duomo, perché era un vigliacco come tutti gli altri galletti. E la sera stessa mi bacia.

Mi guardo allo specchio. Sarebbe più facile puntare un dito contro me stessa e dirmi: "Hey, e tu chi sei?". Eppure quella che vedo è proprio Medea, la riconosco eccome, riconosco quegli occhi, quei capelli e quell'espressione un po' dura che ormai da troppo tempo si porta appresso per proteggersi dal mondo. Forse mai come ora mi sento veramente io. Nello stesso momento padrona e schiava di me stessa. Colpevole di un atto che volevo e non volevo fare. No, no, no. Non devo illudermi. *Volevo*, così è e così è stato. E, nonostante questo, se penso a Giulio, a Giulio come persona, senza baci di mezzo… Be', continua a sembrarmi un grosso idiota, da cui tenermi alla larga.

Inspiro a fondo, pian piano il mondo intorno a me sembra riprendere i suoi colori, i suoi suoni, i suoi odori. Il bagno di Giulio (uno dei tanti della sua casa, suppongo) sembra una specie di nuvola di violetta e lavanda. Non per gli arredi, ma per il profumo intenso emanato dalle saponette di fianco al doppio lavandino. Cavolo, persino questa saponetta emana ricchezza. Gli asciugamani sembrano quelli di un hotel. O, almeno, come immagino che siano gli asciugamani degli hotel. Bianchi (come il suo maledetto sorriso) e morbidi come zucchero filato, ma senza essere appiccicosi. La vasca da bagno? Ovviamente un idromassaggio sbattuto in faccia come se fosse la cosa più normale del mondo averne uno in casa. Lo specchio è enorme, sembra fatto apposta per farcisi una marea di selfie. Il gabinetto, boh, è un gabinetto. Mi aspettavo uno di quei wc giapponesi che alla fine ti fanno anche il bidet, ma no. Una cosa normale c'è, allora, anche se effettivamente ha una certa aria di... solidità. Il volume della musica è molto più basso ora, evidentemente la serata volge al termine. Dopo il gioco della bottiglia, concluso con un bacio tra due ragazze (a quanto pare, secondo le regole di questa casa di trogloditi, la parola "gay" vale solo per i maschi, quindi "niente baci gay" significava "niente baci tra maschi"), me ne sono stata per i fatti miei a riflettere girellando per la casa senza parlare con nessuno. Ora, se solo riuscissi a trovare Leo e convincerlo a levare le tende, me ne andrei alla velocità della luce.

Qualcuno bussa. Chissà da quanto tempo sono qui dentro.

«Medea, ci sei tu?»

È un ragazzo, ma non riconosco la voce. «Sto arrivando, un attimo!»

«Dai che me la sto facendo addosso!»

E che cavolo, con tutti i bagni che ci saranno in questa casa...

Spalanco la porta.

Di fronte a me c'è... coso. Quello un po' solitario, vestito da skater.

«Tutto tuo» gli dico, facendomi di lato per farlo passare. Ma lui spegne la luce e chiude la porta del bagno. «Mi è passata. Come va, Medea? Cominciavo a preoccuparmi.»

«Sto bene, grazie.»

«Carlo.»

«Cosa?»

«Lo so che non ti ricordi come mi chiamo. Mi chiamo Carlo. Facciamo finta che sia questa la nostra presentazione ufficiale» dice allungandomi la mano. Gliela stringo.

«Okay, quindi… non ti serve il bagno?»

«Naaa, era solo uno stimolo passeggero. Preferirei scambiare due chiacchiere con te. La festa sta già finendo, ma forse è meglio così. Era così noiosa che in certi momenti mi veniva voglia di scappare…»

Oh, non dirlo a me. «Noiosa? Ma ci sono i tuoi amici.»

Carlo allontana da sé quelle parole con un gesto della mano. «Mah, amici. Ogni tanto è bello conoscere persone nuove, non credi?»

«Sì.» Se solo bastasse volerlo, penso tra me. Se fosse così facile.

«Senti, ma dobbiamo parlare per forza qui davanti alla porta del bagno? La casa è tanto grande. Devi assolutamente vedere il giardino!»

«Ma non dovremmo andare via?»

«Ma sì, dai, cinque minuti non si negano a nessuno. Ora che se ne vanno tutti, un po' di tempo passerà, e il giardino almeno un'occhiata se la merita…»

Annuisco. Tanto vale, in fin dei conti. Mi fa strada lungo le scale, poi da una porta che non è la stessa da cui siamo entrati. Il giardino è bello. L'erba è di un verde intenso, tagliata al millimetro. Tutt'intorno una serie di faretti bassi impediscono che il giardino sprofondi nell'oscurità. E poi c'è una piscina. Una piscina azzurra, tranquilla, placida, anch'essa illuminata da faretti al neon che creano atmosfera.

Carlo si toglie le scarpe, attraversa il prato a piedi nudi, poi si siede a bordo piscina, si arrotola i pantaloni fino ai polpacci e immerge i piedi in acqua. Be', fai come se fossi a casa tua, penso tra me e me.

Alla luce fioca dei faretti quei capelli biondi risplendono sulla sua testa come una specie di aureola un po' offuscata, mentre il contrasto della sua sagoma scura contro il chiarore della piscina mette in risalto la sua magrezza.

«Dai, vieni qui. Mica mordo» mi dice Carlo senza voltarsi. Speriamo.

Mi tolgo le scarpe e cammino sul prato. L'erba è fresca, già un po' umida. Quasi mugolo per la sensazione di morbidezza e relax che mi trasmette. Se potessi, camminerei avanti e indietro qui sopra fino a scavarci dei solchi. Arrivo a bordo piscina e mi siedo di fianco a lui.

«È fredda!» dico, dopo aver immerso i piedi.

«Un po'. Poi ti ci abitui.»

Rimaniamo così, in silenzio, per un po'.

«Io ti capisco, sai. Sono come te.»

Lo guardo con un'espressione interrogativa.

«Ma sì, capisci cosa intendo. Ti ho vista, dentro. Avevi l'aria di chi non vedeva l'ora di scappare, di trovarsi da tutt'altra parte.»

Annuisco.

«È che non siamo come loro. A me danno fastidio perché dicono che sono troppo magro.»

Carlo solleva il braccio, mettendomi il suo polso davanti agli occhi. Parecchio sottile, effettivamente.

«Vedi? Non metto su muscolo.»

Annuisco, di nuovo. «Non c'è bisogno di giustificarsi, sai?»

Carlo mi guarda e sorride. «Grazie. Queste sono le parole più belle che potessi dirmi.»

Gli faccio un mezzo sorriso. Forse non è così male.

«Figurati» gli dico. «È la verità.»

Lui sorride di nuovo. Poi si alza in piedi, con uno scatto repentino. Comincia a camminare sul bordo della piscina con le braccia aperte per non perdere l'equilibrio.

«Non c'è bisogno che fai il pavone» gli dico.

«Come?» chiede lui, e in quel momento inciampa. Vedo la sua gamba destra che si stacca da terra, il corpo che si inclina pericolosamente a sinistra. Chiudo gli occhi, in attesa di sentire lo splash e piegandomi all'indietro nel vano tentativo di proteggermi dagli schizzi. Ma quello splash non arriva. Riapro gli occhi. Carlo è lì, in equilibrio su una gamba sola. Mi guarda e sorride. «Più che un pavone, ora mi sento una gru.»

Mi scappa una risatina. «Dai, che poi ci cadi veramente. Vieni giù.»

«Posso? Ho il permesso?»

«Hai il permesso.»

«Non c'è neanche più la musica, dovremmo andare, Carlo.»

«Sì sì, adesso andiamo!»

Torna a sedersi di fianco a me. Non prima di mimare un'altra scivolata.

«Guarda che la seconda volta non fa più ridere. Alla prossima, farai meglio a cadere in acqua. Almeno sarà divertente sul serio.»

«Non fa ancora abbastanza caldo per un bagno di notte. E poi per quello bisogna essere nudi.»

Eccolo che parte alla carica. Credo che quel bacio appassionato con Giulio gli abbia fatto venire strane idee.

Sbuffo. «Peccato. Stavi andando così bene. E poi lo sai che l'acqua fredda rischia di far fare brutte figure a voi maschietti.»

Carlo sorride, incassa, arretra. «Mi fa piacere che ti stia a cuore la mia reputazione.»

«*Fremdschamen*.»

Carlo strabuzza gli occhi. «Scusa?»

«*Fremdschamen*. È tedesco.»

«Ah, ecco! Non l'ho studiato.»

«Nemmeno io. Ma so delle cose. Tra queste, il significato della parola *fremdschamen*, che vuol dire "imbarazzo per procura, per gli altri". Ovvero l'imbarazzo che si proverebbe nel vedere una persona diversa da noi stessi coinvolta in una situazione imbarazzante. Ecco, preferirei non sentirmi in imbarazzo per nessuno, te compreso.»

«Wow, lo sai che adoro le ragazze colte? Nemmeno un quarto d'ora che parliamo, e già mi hai insegnato qualcosa di nuovo.»

Rido. «Carlo, ti ringrazio per questo finale. Meglio qui fuori con i piedi a mollo che lì dentro. Ora andiamo, dai.»

Mi fa l'occhiolino. «Qualche rimorso dopo la performance con Giulio?»

Sposto lo sguardo verso il basso, fissando le piccole onde che si propagano nell'acqua azzurrina sotto il dondolio delle mie gambe. «Quello era soltanto un gioco. Un gioco stupido che prevede di baciare gente a caso, e non vale tirarsi indietro.»

«Sai, esistono tanti modi per dare un bacio, però. Si può dare un bacio a stampo, sfiorando appena le labbra, e tutto sarebbe valido. Però il tuo non è stato proprio una toccata e fuga. Anzi.»

Probabilmente sto arrossendo, ma spero che la luce fioca non mi tradisca. «Colpa della fretta. Volevo fosse un bacio superveloce, mi sono fiondata in avanti con troppa foga, e poi sono rimasta sbilanciata e ho fatto fatica a ritrovare l'equilibrio.»

Alzo lo sguardo verso Carlo, per dargli l'impressione di essere sicura di quello che dico, che non sto mentendo e sono disposta a difendere le mie affermazioni.

Ma Carlo mi fissa negli occhi e basta, con un'espressione strana. Poi si butta verso di me e mi bacia.

Mi spingo indietro, cercando di staccarmi, e per un attimo ci riesco. Il suo alito sa di birra, troppa birra. Le sue dita affondano nelle mie spalle, cercano di tirarmi nuovamente verso di lui. La mia testa scatta di lato, mentre lui comincia a baciarmi il collo. Comincia a farmi male, mi sento sempre più stretta in una morsa. Riesco in qualche modo a divincolarmi, allontanando le sue braccia, ma perdo l'equilibrio e cado all'indietro, finendo distesa sul prato.

Vorrei gridare aiuto, ma d'un tratto mi accorgo che non riesco nemmeno a respirare, che mi manca il fiato, mentre nella mia testa cominciano a girare pensieri random. Ci sarà ancora qualcuno là dentro? Per caso Carlo è fidanzato con una ragazza che lo aspetta all'interno? Perché mi preoccupo che possano dare la colpa a me?

Cerco di rialzarmi, ma mi ritrovo di nuovo a terra, lui è sopra di me. Provo a levarmelo di dosso, ma ho le braccia che pesano come macigni. Il respiro si fa sempre più affannato. I battiti sempre più ravvicinati.

Cerco di gridare, finalmente credo di aver ritrovato la voce, ma Carlo mi mette una mano sulla bocca, soffocando il mio grido. Sento il tintinnare della fibbia della sua cintura, che si sta togliendo con l'altra mano, e gli tempesto di pugni la schiena, mugolando di disperazione e rabbia. Gli mordo il palmo della mano, lui molla la presa e urla di dolore.

«Stronza!» fa, ritraendosi. Rotolo sulla schiena sfilandomi da sotto di lui. Barcollando mi rialzo, ma il mio equilibrio è precario. Carlo, con i pantaloni calati alle caviglie, salta verso di me e mi butta di nuovo a terra.

«Mi provochi e poi ti tiri indietro?»

Mi dà uno schiaffo. Dopo qualche istante sento la pelle che brucia, il respiro che si spezza, sono di nuovo incapace di gridare. Penso che forse potrebbe finire tutto molto presto, che se reagisco forse finisco male, che... non lo so. Non lo so.

Poi, non capisco bene come né perché, trovo lo spazio per muovermi. Un gesto istintivo, non voluto né pensato. Il mio piede si solleva, sferrandogli un calcio tra le gambe.

Carlo ulula di dolore, si porta le mani all'inguine e si rannicchia su se stesso, in posizione fetale. Se solo le mie gambe tornassero a funzionare, se mi permettessero di alzarmi e scappare. Invece, non so per quale ragione, continuo a fissarlo mentre si rotola per terra, le mani tra le gambe, piagnucolando e insultandomi.

Sarebbe il momento perfetto per scappare, ma continuo a non riuscirci. Possibile che non esca nessuno da quella dannata porta?

Paralizzata, impietrita dall'orrore, osservo Carlo che si rialza lentamente in piedi, le gambe piegate, la piscina alle spalle. Fa un passo verso di me, e riesco a pensare che sembra un maledetto mostro, così barcollante, così tutt'a un tratto irriconoscibile. Fa altri due passi. No. No.

Poi succede tutto molto in fretta. Prima arriva la voce di Leonardo. «Medea!»

Poi Carlo si butta su di me. Sollevo una gamba, respingendolo. Nello stesso istante, Leo vola sopra di me, placcando Carlo. Finiscono per terra, con un tonfo sordo, proprio sul bordo della piscina.

Mi aspetterei una lotta. E invece non succede niente. Leonardo si rialza e cade all'indietro, affannato.

«Carlo?» dico con voce flebile. Ma Carlo non si muove, giace lungo disteso a terra. Piano piano, poggiando le mani sull'erba bagnata e facendo forza sulle gambe, mi alzo.

Nell'acqua della piscina, proprio sotto la sua testa, si allargano piccole, leggere nuvolette di sangue.

8
Leonardo

«Credo…» balbetta Medea. «Credo che…»

Quasi non capisco quello che dice. Guardo il corpo inerme di quel tizio a bordo piscina. Mi alzo, mi avvicino a lui senza toccarlo. Sembra morto. L'acqua sotto di lui è appena rosata. Mi sdraio per terra per guardare, poggiando la testa sul bordo della piscina. I capelli biondi della nuca del tizio sono zuppi di sangue. Merda.

È morto? Speriamo di no. Fa' che non sia morto!

Ma la domanda successiva è: cosa stava succedendo qui? Guardo i pantaloni calati del tizio, Medea in lacrime.

«Lui… ti ha…?» dico a Medea. Ma lei, tremante, scoppia in un pianto ancora più disperato. Corro di nuovo da lei, cercando di tranquillizzarla. «Calma, calma. Ora non ti preoccupare, stavo venendo a chiamarti per andare a casa… La risolviamo, questa cosa. Okay? Si risolve. Tu aspetta qui, va bene? Ecco, siediti su quella sdraio lì, magari» le dico, sollevandola a fatica. «Torno subito, va bene? Tu non muoverti. Non fare nulla. Torno subito.»

Mi allontano, ma ogni due metri mi trovo costretto a girarmi indietro per guardare la scena, ancora e ancora. Merda!

Prendo il telefono e chiamo il 118 tramite l'app, in modo da localizzarmi all'istante. Quando l'operatore risponde, farfuglio. «Sì... una caduta, venite subito... non lo so... C'è del sangue. Non lo so se respira. Non riesco a capire se ha polso. No.»

Do l'indirizzo preciso e, quando mi conferma che l'ambulanza è in arrivo, chiudo la comunicazione. Devo parlare con Giulio.

Appena apro la porta lo vedo, al centro del divano con due tipe che ridono forzatamente. La musica di sottofondo ha coperto il mio ingresso, non mi hanno visto. Mi guardo intorno, pare non ci sia più nessun altro.

Aspetto che il suo sguardo incroci il mio. Eccolo. Strabuzzo gli occhi, muovo la mano, cercando di farmi notare.

«Pssss! Vieni! Giulio!» sibilo a denti stretti. Finalmente mi vede. Il suo sguardo sembra chiedermi "Che c'è?", in maniera piuttosto scocciata. Faccio un gesto stizzito con la mano. Giulio sorride alle due tipe, le fa prendere per mano e le lascia lì, venendomi incontro. Gli faccio cenno di seguirmi, mentre torno verso il corridoio che porta in giardino.

Giulio accelera il passo e mi raggiunge con un lieve saltello. «Si può sapere che c'è?»

Tiro dritto fino alla porta, senza rispondergli. Poi, prima di aprirla, inspiro. «Potrebbe essere successo qualcosa. Anzi, è sicuramente successo qualcosa.»

Giulio sbuffa. «Senti, che ne dici di fare a meno degli indovinelli?»

«Okay. Senti. Prima di tutto promettimi che non darai di matto quando aprirò questa porta.»

Giulio fissa il telaio. «No. Non dirmi che... hai vomitato in piscina? Lo sapevo, hai vomitato in piscina! Ogni volta che do una festa qualcuno fa 'sto schifo!»

«No, no, no, no. Stai calmo, e stammi a sentire. Non ho vomitato in piscina, è una cosa più grave, okay?»

Lo sguardo di Giulio cambia. «Che è successo, Leonardo?»

«Sono successe due cose toste, Giulio. Forse una, se siamo fortunati. Ma credo che siano due. Meglio se non gridi quando apro la porta.»

«Apri questa porta!» mi ordina Giulio.

«Stai tranquillo.» Mi faccio di lato, lasciando che sia Giulio a spalancarla. Come prima cosa nota Medea, che ora è rannicchiata sulla sdraio e piange silenziosamente, dandoci le spalle.

«Ma che...» fa Giulio. Poi vede anche il corpo vicino alla piscina. Quel tizio.

«Carlo?» chiede incredulo. Si avvicina al corpo a passi lenti. Guarda i pantaloni calati fino alle caviglie. Lo prende per le spalle e lo scuote, la testa che sballottola come uno di quei pupazzi sul cruscotto delle macchine, i capelli bagnati che non fanno una piega.

«Ma che cazzo è successo? Oh, Carlo! Svegliati! Carlo!?»

Gli mette una mano sotto la nuca. La ritrae e la guarda, inorridito: il palmo è bagnato di sangue.

«Merda, Carlo!» grida, cominciando a schiaffeggiargli il viso e a bagnarlo con l'acqua della piscina. Il volto di Carlo è pallidissimo, ma voglio sperare che sia l'effetto dei neon a dargli quell'aria... non voglio nemmeno pensarla, quella parola.

Giulio si mette a fargli il massaggio cardiaco prima, la respirazione bocca a bocca poi.

«L'ambulanza dovrebbe arrivare a breve» dico.

Giulio mi guarda, fuori di sé. «L'ambulanza? Ma sei scemo?»

«Ma...»

«Da quanto l'hai chiamata?»

«Saranno cinque minuti, forse meno...»

«Merda, merda, merda. Sono nella merda!»

Giulio fissa l'acqua della piscina, appena increspata. Poi schiocca le dita. «Bisogna mandare via quelle due e controllare che non ci sia nessuno imboscato in qualche stanza. Vieni con me!»

Mi afferra il braccio e mi trascina dietro di sé. Poi, prima di oltrepassare la soglia, si ferma di scatto e si china sopra Medea. «Poi mi spieghi che cosa hai combinato.»

Apro bocca per protestare e difenderla, ma Giulio è già ripartito, e non posso fare altro che seguirlo, dopo aver esitato per qualche istante, in dubbio se rassicurare o lasciar piangere Medea.

Quando arrivo nel salone, la trasformazione di Giulio mi dà i brividi. Ha indossato di nuovo il suo sorriso smagliante, come se nulla fosse accaduto.

Le due ragazze si spalancano a lui come di fronte a un benefattore. Lui si mette a recitare come una star di Hollywood. «Ragazze, scusate! Scusate. Sapete bene quanto mi spiaccia» dice con sguardo trombino, ma stasera gira male. Devo chiedervi di andare... Purtroppo pare che i miei stiano tornando a casa a sorpresa, che palle. Perdonatemi.»

Tra un "noooo" e un "uffa" si alzano, raccogliendo le proprie cose. Appena varcano la soglia, Giulio entra in tutte le camere per vedere che non ci sia più nessuno. Nella stanza dei suoi genitori, trova una coppia di sconosciuti che stanno coronando la serata.

Entra e sottovoce recita anche con loro la sua parte.

I due se ne vanno a gambe levate, finendo di rivestirsi sulle scale.

Li accompagna alla porta e poi chiude a doppia mandata. Sulla casa cala un silenzio irreale.

«Senti, Giulio...»

«Shhh» mi fa lui. «Zitto. Come ti è venuto in mente di chiamare un'ambulanza?»

«Ho paura che muoia, lo capisci?! Tra l'altro, dove diavolo è l'ambulanza?» sbotto.

Giulio inspira, poi viene verso di me a grandi passi, come una furia. Si ferma a pochi millimetri dal mio viso. «Cazzo! Cazzo! Quando mai vi ho fatti venire... E quella lì...»

«E cosa c'entra Medea adesso?» chiedo incredulo.

«Certo che c'entra! Secondo te perché se ne sta lì a piangere senza fare nulla? Perché è colpa sua, qualsiasi cosa sia successo!»

«Non lo sai che cosa è successo! Non le hai nemmeno chiesto come sta!»

«Ah sì? Rimediamo subito!»

Torniamo in giardino di corsa. Medea si è alzata, è a piedi nudi nell'erba. Guarda il corpo di Carlo. Si gira verso di noi, gli occhi gonfi di lacrime.

«Io non volevo. Non volevo.»

«Hai visto? Te l'avevo detto! È stata lei!» mi fa Giulio.

Scuoto la testa. «Aspetta, Medea. Calmati. Cos'è successo? Perché ha i pantaloni calati?»

Lei deglutisce. «Carlo... voleva... »

«Voleva che cosa? Che cosa stai dicendo!?»

«Falla parlare!»

Mi avvicino a Medea. «Ci puoi dire che cos'è successo? Solo per capire com'è andata.»

Medea annuisce, gli occhi sgranati e le gambe tremanti. «Lui voleva… e io no.» Inspira, un brivido la scuote. «Ma poi si è messo a insistere e mi ha…»

Giulio la guarda ancora con gli occhi pieni di rabbia e dolore.

«Vai avanti, tranquilla» dico.

«Mi ha buttato a terra. E si è messo sopra di me. Ha cercato di immobilizzarmi. Io ho reagito. E…»

«E poi l'hai ucciso!» grida Giulio.

«Non l'ha ucciso!» mi intrometto. «Sono stato io a spingerlo via! Era legittima difesa!»

«Legittima difesa di cosa, se lei era qui da sola con lui a fare… lasciamo perdere.»

«Ma sei matto? Stai dicendo che ora è colpa sua? Davvero?»

«Certo che è colpa sua!»

«Giulio! Stava cercando di violentarla!»

«Una non se ne sta qua da sola con uno… è ovvio che lui fosse convinto che lei volesse!»

«Ma se ha dovuto immobilizzarla con la forza!»

Giulio fa un gesto di stizza con la mano. «Okay. Ne parliamo dopo.»

Punta un dito verso il cielo per portare la nostra attenzione sulla sirena dell'ambulanza che si sta avvicinando.

«Ora c'è soltanto una cosa che possiamo fare. Scappare» sussurra Giulio.

«Scappare?» chiedo io.

«Sì, scappare. O volete finire in galera, tu e Medea?»

«Eh?»

Rimango sbalordito. Non capisco come possa essere possibile che siamo io e Medea a rischiare la galera quando l'unico colpevole è il morto.

Giulio si siede a bordo piscina, con una calma che mi fa paura.

La sirena è ormai a poche centinaia di metri.

«Non capite proprio, eh? Ora ti spiego. Anzi, *vi* spiego. Lì c'è un ragazzo di buona famiglia morto. Di qua invece c'è una tizia che chissà da dove viene, e un influencer da due soldi. Conosco i suoi genitori. Sarebbero disposti a comprare una squadra di avvocati, pur di dimostrare che loro figlio era innocente ed è stato ucciso. E quella è gente capace di tutto.»

Ci penso su. E, con orrore, mi rendo conto che Giulio ha ragione. Perché dovrebbero credere alla mia testimonianza? E le parole di Medea, poi. Le crederebbero?

È davvero difficile per una donna dimostrare di essere stata violentata, figuriamoci quando lo stupro è solo stato *tentato*. E se il colpevole viene descritto come il classico bravo ragazzo, se quel bravo ragazzo ci è rimasto secco, e se anche per Medea era legittima difesa… come può dimostrarlo? La verità è che non può. Non possiamo. Gli avvocati della famiglia di Carlo potrebbero rovinarci la vita. E ancora peggio potrebbero fare i media, i giornali, la tv, le fake news.

Medea ricomincia a piangere. «Ma io…»

Quasi non riesco a guardarla negli occhi.

«La verità è che voi due siete fottuti. E sono fottuto anch'io. I miei mi spelleranno vivo.»

L'ambulanza dev'essere ormai davanti a casa, la sirena è un suono forte e distinto.

Giulio drizza le orecchie. «Dobbiamo scappare, ragazzi. Adesso.»

Lo guardiamo in silenzio.

«Scappiamo. Tutti e tre. Con la macchina dei miei, ce ne andiamo via, pensiamo a cosa fare.»

«E dove andiamo? Ci troveranno subito.»

Rifletto un attimo. No, è un'idea davvero stupida. Scuoto la testa.

Giulio sospira.

Medea sembra quella che ha capito meglio di tutti il peso della situazione. «Leo ha ragione, Giulio. Dove vogliamo scappare? Senza un soldo, poi...»

«Ne ho quanti ne volete, di soldi» taglia corto Giulio.

«Ma quanto può durare? La polizia comincerà subito a cercare te, che sei il padrone di casa, e tempo poche ore metteranno nel mirino anche me e Medea.»

«Se non l'aveste ammazzato!»

«Era legittima difesa!»

«Dobbiamo scappare, ragazzi!» grida Giulio.

L'ambulanza è ferma davanti a casa. «Intanto leviamoci da qui, dopo penseremo a cosa fare.»

Non abbiamo altra scelta. Lo seguiamo nel garage.

Pochi secondi e siamo in strada, dopo essere usciti a luci spente da un cancello sul retro.

9
Leonardo

Che stiamo facendo? Perché lo stiamo facendo? Siamo impazziti? Con la testa poggiata sul finestrino del suv dei genitori di Giulio, guardo il mondo che ci scorre di fianco. Le vie tranquille di una provincia ignara e che domani si sveglierà con la notizia di un adolescente morto sulle pagine dei social.

Medea è sdraiata sul sedile dietro, addormentata. Non so come faccia, ma credo sia stato lo stress a mandarla ko. Giulio, alla guida, tamburella di continuo le dita sul volante. La radio è accesa, a basso volume, un ronzio che non interferisce con i miei pensieri, eppure, forse, in qualche modo subliminale li orienta.

«Stiamo facendo una cazzata, Giulio.»

«Ci stiamo solo allontanando per ritrovare un attimo la calma e capire cosa fare, va bene?»

Annuisco, poco convinto. «Dove stiamo andando?»

Una sterzata dopo l'altra, usciamo dal centro abitato. Non ci mettiamo molto a imboccare delle strade della campagna brianzola. Poi Giulio prende uno sterrato.

«Possiamo starcene in questa cascina abbandonata» dice. «Almeno finché non capiremo cosa fare.»

Mi guardo attorno. Vedo solo sagome di muri diroccati. Nessun movimento. Forse è davvero un rifugio sicuro, per quanto temporaneo.

Espiro con forza. Se lo dice lui. Mi sembra ancora tutto così assurdo.

«Quindi che si fa?» La voce femminile che rompe il silenzio alle mie spalle mi fa sussultare, mentre Giulio grida e si volta di scatto. Mi giro anch'io. È Medea.

«Cristo, vuoi farci crepare di paura?» protesta Giulio, con una mano al petto.

«Oh, ma cosa volete? Vi eravate dimenticati che ci sono anch'io qui dentro, e che forse sono quella più coinvolta di tutti?»

«Scusa, è che... Sì, insomma, ci sono di mezzo anch'io, eh!» protesto.

«Bene, siamo qui. Adesso che si fa?» chiede Medea.

«Be', si aspetta. Ormai lo avranno trovato, avranno chiamato la polizia... Domani ne sapremo di più. Per ora direi di nascondere bene la macchina e provare a dormire. Dobbiamo aspettare. Okay?»

Non è per niente okay. Ma non abbiamo altra scelta, a quanto pare.

Al risveglio, a mezzogiorno passato, mi metto a cazzeggiare col telefono. Non scrivo niente, non mi faccio vivo con nessuno, ma cerco su internet se ci sono notizie di Carlo.

Non ci posso credere.

Corro da Giulio. «Guarda, leggi!» gli dico.

«Pezzo di...» esclama svegliandosi di soprassalto. «È vivo!»

Medea, accovacciata su una poltroncina, salta in piedi. «È una notizia fantastica! O no?»

Io sento il terreno mancare sotto i piedi. Non mi sembra vero.

«Leggi qua» dice Giulio, lanciandole il telefono. Medea lo prende al volo. Dopo qualche secondo sgrana gli occhi. «Cosa? Noi lo avremmo aggredito? Ma che razza di bastardo!»

«E dice che siamo stati tutti e tre! Ha messo in mezzo pure me, capisci?» dice Giulio.

«State scherzando» dico.

«Ma ti pare? 'Sto infame ha raccontato alla polizia che lo abbiamo aggredito. E ora saremmo indagati per tentato omicidio, secondo il giornalista!»

«Oh, merda. Ma perché mai tirare in mezzo anche te? Capisco scaricare su di me e su Medea quello che è successo, per evitare l'accusa di stupro... ma tu?»

Giulio scrolla le sue spalle. «La sua ex gli aveva messo le corna. Con me.»

«Oh, grandioso» commenta Medea scuotendo la testa.

«Siamo fottuti» dice Giulio. «Dobbiamo scappare.»

«Come? Dove? Ci prenderanno subito!»

«Ci prenderanno ancora prima, se ce ne stiamo qui ad aspettare!»

«Ma se scappiamo, sarà come ammettere di essere colpevoli!»

«Se non scappiamo, saremo colpevoli lo stesso. Quello lì ha la testa rotta, Leo! Tutte le prove sono contro di noi!»

Giulio ha ragione. Ma scappare a cosa può portare? Mi sembra tutto così assurdo...

«Allora, sentite» fa Giulio. «Io so una cosa, per certo. La nostra vita non sarà più la stessa, da oggi in poi. È meglio di come poteva andare, ma è comunque un fottutissimo casino... Forse è vero che non possiamo fuggire per sempre. Forse è vero che le nostre vite per come le pensavamo finiscono qui. Però, finché la gente non scopre quello che è successo, finché non ci daranno la caccia, finché non ci troveranno... Avete presente quando si chiede a qualcuno "Che cosa faresti se sapessi di avere soltanto un anno di vita a disposizione?" Ecco, noi forse abbiamo due, tre giorni, una settimana al massimo. Ma se usassimo questo tempo per fare quello che vogliamo? Per sentirci liberi, una volta per tutte?»

Medea socchiude le palpebre. «Mi sembra la più colossale cazzata che abbia mai sentito.»

«Potrebbero essere i tuoi ultimi scampoli di libertà. Anzi, i vostri» dice Giulio, guardando anche me. «Un viaggio. Ecco cosa sto dicendo. Una specie di ultima vacanza. Per vivere tutto quello che forse non potremo vivere mai più.»

Medea abbassa lo sguardo, si tormenta le dita. Sta cedendo. «E se provassimo a difenderci? Se provassimo a raccontare la verità?»

«Ti crederebbero? Ci crederebbero?»

Ci guardiamo tutti e tre. La risposta la conosciamo.

«Okay. Faccio un salto al bar a prendere qualche panino e da bere. Poi aspettiamo che faccia notte.»

A non so che ora, quando stiamo per addormentarci, Giulio fa «Dai» e ci fa segno di seguirlo fuori.

Poi accende il motore, guarda nello specchietto e si mette in strada. «Per prima cosa, direi che è il caso di comprarci delle provviste. Non ci siamo portati dietro tre zaini per lasciarli vuoti. E poi basta pistolare col telefono. Li dobbiamo spegnere e buttare subito, tutti e tre.»

Già, ha ragione. Eseguiamo in silenzio. Spegnere il telefono: un'operazione semplice semplice che, però, credo di non avere mai fatto in vita mia. Mi costa sacrificio, come se mi dovessi rompere un dito da solo. Ma lanciarlo in strada è una sorta di eutanasia.

Per Medea credo sia diverso. Lo fa con apparente disinvoltura, ma si vede che un po' recita.

«Hey, Medea, non sembra un po' la scena di *Easy Rider*, quando lanciano via gli orologi, prima di cominciare il viaggio?» chiede Giulio.

«Più o meno» risponde Medea, ancora perplessa.

«Tu l'hai visto *Easy Rider*?» mi fa Giulio.

Esito.

«Sì, a spezzoni, certo, come no. Si va, ragazzi» annuncia Giulio.

Pochi minuti dopo parcheggia di fronte a un supermercato 24/7 che, dentro, è pressoché deserto. Di fianco, ci sono una farmacia aperta e un bancomat. Cibo, medicinali, scorte di tutti i tipi. È quello che ci vuole.

«Facciamo come ai bei vecchi tempi. Le donne a raccogliere erbe e piante medicinali, gli uomini a procacciarsi il cibo.»

«Immagino che tu senta la mancanza di poter stordire una donna con la clava, vero?» dice Medea, uscendo precipitosamente dalla macchina. Da dentro, la osserviamo dirigersi con passi decisi verso la farmacia.

«Vedi che non si può scherzare su niente?» mi fa Giulio.

Usciamo dall'auto ed entriamo nel supermercato.

«Tu hai qualche idea su cosa prendere?» mi chiede Giulio.

«Mmm, non saprei. Cose in scatola? Crackers? Frutta e verdura? Scorte d'acqua?»

«Bravo. Anche sapone, spazzolini, salame, non so... Ma pensaci tu, io la spesa non la faccio mai.»

Cominciamo a percorrere tutte le corsie, una dopo l'altra, mentre il carrello pian piano si riempie. Sotto le luci del supermercato, i soliti neon pallidi che rendono un po' tutto irreale, Giulio mi sembra diverso. Ogni volta, prima di mettere qualcosa nel carrello, la soppesa, se la rigira tra le mani, e solo all'ultimo si decide. Mi chiedo che cosa veda in quelle etichette. Perché ho il sospetto che non stia tanto lì a guardare, ma a pensare. E, con tutto il rispetto, non avrei mai detto che uno come lui fosse attento agli ingredienti dei cereali. Normalmente lo fa solo mia madre.

Non riesco a calmarmi. Questa idea della fuga non mi convince. Non lo so, mi sembra forzata, una vera e propria follia. Che cosa l'ha spinto a preoccuparsi della sorte di Medea? In fondo, fino a pochi giorni fa nemmeno la conosceva...

«Qual è il tuo segreto, Giulio?» Poco ci manca che mi metta la mano sulla bocca. Come mi è uscita? In qualche modo, il mio pensiero si è fatto strada fino alle corde vocali e si è trasformato in un'emissione di onde sonore inopportune e totalmente fuori contesto.

Giulio fa cadere un pacco di caramelle gommose al gusto cola nel carrello. «Il mio segreto? Mi piacciono le caramelle gommose al gusto cola.»

Mi sfugge un sorrisetto. «Oltre a quello. Ho come l'impressione che tu non ce la stia dicendo tutta. Sai, questa storia della fuga è... da fuori di testa. In fondo tu non c'entri niente con quello che è successo. Avresti qualche problema coi tuoi genitori, ma vale la pena rischiare di peggio?»

Giulio spinge il carrello. «Potrei farti la stessa domanda.»

Ecco. «Io c'ero quando è caduto. E non so bene cosa sia successo, è stato tutto troppo veloce. Detto ciò, non sarei mai scappato: ti ricordo che l'idea è stata tua.»

«Non ho proprio nessun segreto, non lascio niente, non perdo niente.»

«Un po' è una fuga, un po' vorresti ritrovare te stesso. È questo che stai cercando di dirmi?»

Giulio mi punta il dito contro il petto. «Hey, ma pensi sia uno di quei casi umani che psicanalizzi sui social?! Mi lasci stare?»

«Va bene, va bene, calmati. Non volevo essere offensivo. Ma se dobbiamo passare insieme i prossimi giorni, forse è il caso di conoscerci un po' meglio. O dobbiamo evitare di scambiarci una parola per tutto il viaggio?»

«Preferirei la seconda, anche se già so che non sarà possibile.»

«È questa la maschera, vero?»

«Cosa?»

«Quella del bullo, del duro. Seduttore sicuro di sé quando c'è una ragazza con cui flirtare. Non mi sembra che questo viaggio stia iniziando nel migliore dei modi, se il tuo obiettivo è lasciarti alle spalle tutto questo.»

«Ma che ne sai tu di me? Che ne vuoi sapere? Andiamo alle casse, piuttosto… Hai preso tutto?»

L'unica cassa aperta è presidiata da una tizia intorno ai 25 anni, con un choker al collo, il rossetto nero, un ombretto un po' sbavato, una gomma da masticare in bocca e i capelli corti raccolti in due codini ai lati della testa.

«Ciao ragazzi, volete dei sacchetti?»

«Sì, grazie. Hey, aspetta!» fa Giulio, poi mi lascia lì da solo alla cassa.

Dio, no. Pensavo di averla superata questa fobia. E invece mi sale su un'ansia pazzesca. Come quando mia madre mi lasciava in coda perché si era dimenticata di prendere il pesto. La cassiera comincia a passare i pezzi, sorridendomi e dandomi i sacchetti. Comincio a imbustare. Poi sul nastro nero della cassa vedo qualcosa che fino a quel momento mi era sfuggita: una scatola di preservativi. Strabuzzo gli occhi. La cassiera li prende, se li rigira tra le mani per trovare il codice a barre. Il bip della cassa sembra suonare più forte del solito, ed è mentre prendo la scatola che il mio sguardo incrocia quello della cassiera, che prima fa una bolla col chewing-gum, poi la fa scoppiare e mi fa l'occhiolino, ammiccando nella direzione in cui è sparito Giulio.

Cioè, lei pensa che io e lui…?

Sorrido, imbarazzatissimo. «Oh, no no no.»

Giulio torna con una bottiglia di gin.

La cassiera sembra ragionare sugli indizi che ha a disposizione. Due ragazzi, dei preservativi, una bottiglia di gin. Le si illuminano gli occhi.

A vederla, se le dicessimo che abbiamo appena scaricato un cadavere giù dalla macchina, si unirebbe a noi in tempo zero. Finisce di passare la spesa e strappa lo scontrino sventolandolo sotto il naso di Giulio. Magari ora gli scrive sopra il suo numero di telefono. In fondo non è troppo più grande di noi. «Sono 187 euro e 50 centesimi.»

Poi Giulio fa una cosa da non credere. Paga con la carta. Dio, siamo in fuga e paghi con la carta?

Lo sapevo che non potevi essere così tanto furbo. Lo sa

chiunque abbia visto anche il peggiore dei film thriller mai realizzati.

«Non sarebbe meglio il contante, Giulio?» gli dico, cercando di non dare nell'occhio.

La cassiera sgrana gli occhi, eccitata. «Perché? Vi inseguono?»

Giulio le fa l'occhiolino. «Può essere. Tu però non dire niente a nessuno.»

La cassiera si passa le dita sulla bocca a mo' di zip. Giulio annuisce, con una silenziosa espressione di approvazione.

«Che bello che deve essere. È così romantico. Due ragazzi in fuga…»

«E pensa che c'è anche una ragazza che ci aspetta in macchina…»

«Ah! Come in *Gioventù bruciata*!»

«Ah-ah, okay. Ora però dobbiamo andare. Anzi…» dice Giulio raccogliendo il resto dalle mani della cassiera, «… scappare!»

Afferro un paio di sacchetti della spesa, lasciando gli altri due a Giulio. Mentre le porte automatiche si chiudono alle nostre spalle, sentiamo la voce della cassiera: «Buona fortuna!».

Giulio apre la macchina e comincia a caricare la spesa nel bagagliaio. «Che tipa. Se avesse saputo che siamo in fuga per tentato omicidio, sarebbe venuta con noi!»

«Hey, ho pensato la stessa cosa! Però quella su *Gioventù bruciata* non l'ho capita.»

Giulio sgrana gli occhi e mi guarda come se avessi appena offeso sua madre. «Non hai mai visto *Gioventù bruciata*?»

«Qualche spezzone qua e là…»

Giulio scuote la testa, si appoggia all'auto e, con lo sguardo fisso verso l'asfalto, ma che in realtà sembra guardare molto più lontano, comincia a parlare, con un tono a metà tra il sacro e il predicatorio. «Te la faccio breve, spoiler inclusi. Ci sono tre ragazzi: Jim, Judy e Plato. Jim è James Dean, quindi capisci subito che è il figo tormentato. Judy è la ragazza carina di buona famiglia. Plato è quello più sfigatello, che vorrebbe essere come Jim e ne diventa amico. Succedono cose. Jim e Judy si innamorano. Plato fa il terzo, un po' come se fosse un bamboccione di cui devono prendersi cura. Però alla fine succedono altre cose, Plato per salvare Jim dai suoi vecchi amici, che vogliono suonargliele perché pensano abbia fatto la spia con la polizia, prende una pistola. E alla fine muore ammazzato dalla polizia.»

«Non sei un granché a raccontare le trame dei film.»

«Non mi sembra la situazione adatta per dilungarmi.»

Nel frattempo si avvicina al bancomat all'esterno, e preleva un po' di contante. Parecchio contante.

«Così non avremo più problemi con la carta, contento?» dice Giulio.

«Sì, ma… anche prelevare è lasciare una traccia, anche se poi ci serviranno…»

Giulio mi fa il medio.

«… e spiegami che c'entriamo noi con *Gioventù bruciata*, scusa» aggiungo.

Giulio intreccia le mani dietro la nuca e si piega a destra e a sinistra, sgranchendosi. Nel farlo, la maglietta si solleva un po'. Ha degli addominali da paura.

«Be', siamo due maschi e una femmina. Siamo in fuga. C'è quello figo, che sarei io. E probabilmente riuscirò a farmi Medea. E poi tu… che vabbè, insomma, hai capito. Chissà, magari verrai ammazzato dalla polizia, quando ci troveranno.»

«Che tatto. Che sensibilità. E sinceramente sei anche un po' disgustoso, a pensare di volerti portare a letto Medea dopo quello che è successo» dico indicando i preservativi.

«A proposito di Medea» fa Giulio, guardando prima in auto e poi nel parcheggio. «Dov'è finita?»

10

Leonardo

Medea è sparita.

«Magari è ancora in farmacia» dico.

«Vado a vedere» sussurra Giulio, allontanandosi.

Rimango da solo. Di tanto in tanto il silenzio è rotto dal rombo di qualche auto che sfreccia sulla provinciale poco distante. Non so che ora sia, ma il cielo è scuro, nerissimo, l'alba del nuovo giorno sembra ancora così lontana.

«Non c'è.» Giulio è tornato. Si guarda attorno, le mani poggiate sui fianchi, come chi non sa bene cosa fare.

«Forse è andata un attimo al bagno del supermercato.»

«L'avremmo incrociata per forza, in quel caso. Merda! E se è andata dalla Polizia?»

«Ma figurati, Giulio! Stai tranquillo, deve essere qui nei paraggi.»

Però non ha tutti i torti. Non è che le abbiamo parlato molto, da quando è successo tutto. Sembrava così sconvolta. E se in realtà non era convinta di questo piano di cui, a dirla tutta, non sono convinto nemmeno io? Una fuga a due, con lui... nemmeno nel peggiore dei miei incubi. Ma forse non farò la fine di Plato, ora che non siamo più in tre.

«Medea! Medeaaaa!» grida Giulio. Ma a rispondergli sono soltanto le auto. Guardo dentro il suv. «Hey, lo zaino è ancora qui!»

Guarda anche Giulio. «Davvero? Bruttissimo segno.»

«E perché mai? Vuol dire che non sta andando in un posto troppo lontano.»

«Se non sta andando in un posto troppo lontano, allora sta andando in un posto vicino, tipo una caserma dei Carabinieri! Siamo fottuti, sono fottuto.»

E se avesse ragione? No, Medea, non farci questo. Non fare questo a me soprattutto, io non sono uno stronzo come questo qui. Forse ho preso tutto sottogamba. Medea, per favore.

Giulio comincia a vagare per il parcheggio, gridando al cielo, lanciandosi in una sequela di parolacce così articolate che a un certo punto ne perdo il filo logico (se mai una sfilza di parolacce possa seguire un filo logico).

Medea, dove sei? Dimmi che non sei andata dalla Polizia. Dimmi che sei andata a sgranchirti le gambe.

Giulio viene verso di me, a passi decisi. «Seguimi, se è qui intorno, la troveremo.»

Perlustriamo il parcheggio palmo a palmo, poi ci dirigiamo verso la vegetazione sul fondo, dove le luci non arrivano. Dove c'è buio pesto. A un tratto in quel pozzo di oscurità si materializza una sagoma appena più chiara che passo dopo passo diventa più grande. Quando entra nell'area illuminata, le gambe e le braccia scoperte di Medea risaltano subito, riflettendo la luce come fa la luna col sole. Stringe qualcosa contro il petto.

«Eccola, Giulio, è Medea!»

Giulio sospira di sollievo, portandosi la mano al cuore. Poi guarda Medea. «Ma che cos'ha in braccio?»

«Allora, siamo pronti?» dice Medea. «Però viene anche lui.»

Medea allenta la presa sul fagotto che ha in mano. Un fagotto con due occhi verdi, pelo nero e piccoli denti aguzzi. Un fagotto che miagola.

«Un gatto?!» Giulio non ci vuole credere.

«Un gattino, per la precisione. Un gattino randagio senza mamma. Vero, bel gattino? Però adesso ce l'hai una nuova mamma. Saluta i tuoi due zii.»

Io e Giulio ci scambiamo uno sguardo inorridito.

«Quel coso non ci sale in macchina, Medea. Tempo tre ore e tutta la macchina puzzerà di piscio.»

«E allora io non vengo.»

«E rimani qui allora. Voglio vedere dove te ne vai.»

«Me ne vado a raccontare alla Polizia quello che è successo.»

Giulio sbianca. Poi ha un lampo di comprensione. «Tu ci hai sentiti per tutto questo tempo.»

«Ho sentito te, era impossibile non farlo, visto quanto frignavi! Ma quante ne dici, poi? Da dove ti escono?»

Giulio sbuffa. «Okay, ora però basta giocare. Lascia il gatto e andiamocene.»

«Non stavo scherzando, Giulio. O il gatto, o niente.»

Segue un duello di sguardi che dura qualche secondo. Medea tranquilla e sicura di sé, con un mezzo sorrisetto, consapevole di avere il coltello dalla parte del manico. Giulio infuriato, ansioso di sbottare e gridarle contro, ma consapevole di non poterlo fare. Poi rilassa le spalle. Medea ha vinto.

«E va bene. Ma almeno ci servirebbe della sabbietta, un trasportino, qualcosa!»

«E qual è il problema? Lì c'è il supermercato. Serve anche del cibo.»

«Ah, io non vado» dice Giulio.

«Io andrei, ma a voi due il gatto non lo lascio nemmeno morta.»

Mi guardano. Guardo dietro di me. Non c'è nessuno. Mi punto l'indice sul petto, con aria interrogativa. Medea e Giulio annuiscono. Poi si accorgono che stanno facendo gli stessi identici movimenti e mettono il broncio, sdegnati l'uno con l'altra.

«Mi servono i soldi» dico a Giulio, che tira fuori dal portafoglio una banconota da 100 euro. «Fatteli bastare.»

Con questi mi compro una spiaggia, penso. Entro, prendo, esco. Sì, la cassiera mi ha chiesto perché sono tornato, io ho fatto l'errore di dirle che ora avevamo anche un gattino con noi, lei si è intenerita, ha ricordato piagnucolando un po' il suo gatto finito sotto le ruote di una Smart e gli orrendi dettagli del corpo spiaccicato sotto la ruota, ma sono riuscito a pagare, ad accomiatarmi e a raggiungere finalmente Giulio e Medea.

«Ce ne hai messo di tempo» si lamenta lei.

«Dipende da chi trovi alla cassa. E Giulio sa di cosa parlo» ribatto.

«Puoi dirlo forte» dice Giulio.

«Il mio cucciolino qui è irrequieto, lo sento che vuole la sabbietta. Vero, pucci pucci?» dice dando un bacio sul nasino del micetto.

«Per me ti prenderai una di quelle malattie tipo la sifilide, con quel coso lì» dice Giulio.

«Quella si trasmette sessualmente» ribatte acida Medea.

Dopo un interminabile silenzio, rientriamo in macchina. In fuga da oltre ventiquattrore, credo. Chilometri percorsi: trentacinque al massimo. Immagino abbiano cominciato a cercarci, ma non abbiamo modo di scoprirlo.

Giulio mette in moto, i fari si accendono sul parcheggio.

È tempo di imboccare strade che ci porteranno chissà dove, alla scoperta di chissà cosa, e chissà per quale motivo. Questo sto ancora cercando di capirlo. Chiudo gli occhi, come si fa quando le montagne russe hanno raggiunto il punto più alto e stanno per piombare giù, o come quando la squadra per cui tifi deve calciare il rigore decisivo, e non vuoi guardare. Quando li avrò riaperti, la nostra vita avrà preso una volta per sempre una nuova direzione, un viaggio da cui non esiste ritorno. Un posto nuovo, per le nostre vite, un posto… riapro gli occhi. Siamo ancora fermi.

«Come mai non parti?» chiedo.

Giulio poggia la testa sul volante. «Come faccio a partire se non sappiamo dove andare?»

«Ma pensavo che un'idea ce l'avessi!»

Ci giriamo verso Medea, che sembra più impegnata a fare i grattini al gatto. Quando nota che la stiamo osservando, fa spallucce. «Non so. Fate voi.»

«Ti viene in mente qualcosa? Idee?» mi fa Giulio.

Ci penso su. Dove potremmo andare, quantomeno per non farci beccare subito? O in cima a qualche montagna, o in qualche sperduto paesino del meridione, assolato. Magari un cascinale abbandonato, boh.

«Io dico che, se dobbiamo fare questa cosa, dobbiamo scegliere un posto carino» dice Medea. «Già che ci siamo, approfittiamone.»

Giulio annuisce. «La ragazza non ha tutti i torti.»

«Grazie, *grande uomo*» risponde Medea. Ho come l'impressione che non gradisca i suoi modi. Non mi stupirei se prima o poi gli tirasse un calcio sulle gengive.

«Ma la domanda rimane la stessa» dice Giulio. «Dove andiamo?»

Mi appoggio al sedile, buttando la testa all'indietro. Fisso il tettuccio con intensità, come se nei pelucchi del rivestimento interno dell'auto possa essere annidata una risposta.

«Valgono anche posti dove siamo già andati?»

«Sì. Solo se ne avete un bel ricordo, però.»

«Mmm, fammi pensare...» dice Giulio.

E lo faccio anch'io. Viaggi ne ho fatti tanti, ma alla fine anche con i miei genitori ultimamente o siamo andati all'estero o nel solito villaggio in Puglia.

«Fammi pensare a qualche vecchia gita scolastica...»

«Come hai detto?» La domanda di Giulio è posta con un'urgenza, quasi una preoccupazione, che mi mette in allarme.

«Ho detto che forse dovrei pensare a qualche gita scolastica...»

«Mi hai dato un'idea.»

«Come?»

«So dove dobbiamo andare, chissà se vendono ancora le cartine stradali in Autogrill. Dai, nessuno ha una proposta migliore?»

«Migliore rispetto a cosa? Se non ci dici che cosa ti è venuto in mente come facciamo a risponderti?» chiede Medea, miracolosamente distrattasi dalle cure al micio.

Ma Giulio praticamente non la ascolta. Mette in prima e parte.

«Non avete nessuna proposta. Allora andiamo.»

«Dove?»

«Tra i mostri.»

11
Leonardo

Forse è il rumore, o la musica, a svegliarmi. O i primi raggi del sole che spuntano alla sinistra di Giulio e mi arrivano sulle braccia, infondendo un lieve tepore. O forse, a svegliarmi, sono due voci che ridono, scherzano, si prendono in giro, mentre di tanto in tanto, tra una parola e l'altra, fa capolino un miagolio.

Muovo la bocca, impastata di sonno, secca. Faccio fatica ad aprire gli occhi, faccio fatica a rendermi conto di dove sono. Ma lo so bene dove sono, solo vorrei che questo momento di dormiveglia si trascinasse a lungo, lasciandomi l'illusione di essere ancora immerso nel sogno di una giornata che non solo non è andata come previsto, ma è andata nel peggiore dei modi possibili.

Mi tiro un po' su, essendo scivolato lungo il sedile mentre dormivo. Davanti a me si allunga il manto autostradale, pressoché sgombro. Deve essere ancora molto presto. Ma la cosa più sorprendente sono questi due, Giulio e Medea, che ridono e scherzano come se fossero amici di una vita. Un cambiamento così repentino che quasi temo di aver dormito per una settimana, invece che per una notte. Magari stiamo tornando a Milano? Si è risolto tutto e hanno scoperto che è tutto uno scherzo? Magari.

«Toh, guarda, s'è svegliato l'influencer» dice Giulio.

«Buongiornoooooo» dice Medea, agguantandomi le guance da dietro il sedile e strapazzandomele fino a farmi male.

«Hey! Ma siete impazziti? Vi siete drogati? Voi due dovreste odiarvi, non essere così amici!»

«Perché, sei geloso? Medea, hai sentito? Leo è geloso!» fa Giulio.

«Geloso? La domanda è: di me o di te?»

E giù a ridere. «Si può sapere che vi prende? Fino a poche ore fa vi guardavate come Tom e Jerry, ora... ora... E di che stavate parlando, poi?»

Medea mi mette uno specchietto davanti al volto. Ho due cuori disegnati sulle guance, e il resto della faccia pieno di scarabocchi.

«Ma che cavolo avete fatto?»

Mi incupisco. Mi sale un groppo in gola. E mi tornano in mente cose. Scene, immagini. Parole, volti. Segni. La mia mano corre sulla maglietta. Sotto, la cicatrice. Dentro, un groppo che sembrava essersene andato e invece è sempre lì, pronto a riemergere dalla superficie come un mostro sommerso. Ridono con me o ridono di me, Giulio e Medea? Voglio pensare che sia soltanto uno scherzo, e probabilmente lo è, razionalmente lo è. Non mi hanno deriso per il mio aspetto fisico, per i miei modi di fare, niente di ciò. È uno scherzo. Eppure. Eppure.

Deglutisco, giro la testa dall'altra parte. Cerco di non pensare all'idea che si sono divertiti prendendomi in giro, cerco di convincermi che è una cosa che potrebbe succedere benissimo tra amici, e forse all'inizio l'altro si arrabbierebbe un po', però poi finirebbe tutto con una grande grossa risata collettiva e la promessa di un'amichevole vendetta. Anche da queste cose si misura l'amicizia.

Ma la verità è che Giulio e Medea non sono miei amici. Sono due persone a cui sono bastate poche ore per legarsi un po' di più rispetto a prima, e l'hanno fatto a mie spese. Ora, anche se so che è stupido, mi sento tagliato fuori. Isolato. Solo come sempre, come al solito.

Forse è stata proprio questa mia solitudine a farmi tuffare in questa cosa di Instagram. E per un po' di tempo, per molti mesi mi ha aiutato a cancellare la silenziosa solitudine che provavo.

È bastato togliermi quello, perché le cose tornassero, nel giro di poche ore, come prima. Due persone che socializzano, e io no.

«Hey, Leo. Che c'è? Stai bene?»

La voce di Medea mi strappa ai miei pensieri. Cerco di abbozzare un sorriso, ma è difficile.

«Tutto bene, grazie. Perché?»

Non è che lo *dico*, è più un tentativo di parlare che una vera e propria frase detta a voce alta. Perché se alzassi la voce, se aprissi la bocca, quel grumo che ho dentro uscirebbe fuori. Dai miei occhi, forse in lacrime. E non ho assolutamente voglia di farmi vedere così.

Giulio mi lancia delle rapide occhiate, per non distogliere lo sguardo dalla strada. «Vuoi che ci fermiamo, Leo? Pausa pipì?»

«Sì, magari sì.»

«Aspetta, intanto tieni questo.»

Medea rovista dietro le mie spalle, poi mi passa una salvietta umidificata. «È meglio se ti pulisci.»

Annuisco, in silenzio. Abbasso il parasole, usando lo specchietto per detergere i cuoricini e gli altri disegni.

Sento lo sguardo di Medea su di me. Poi rompe il silenzio. «Scusa, Leo.»

«No, ma va'. Di che?»

«Non volevamo prenderti in giro. Pensavamo fosse solo uno scherzo simpatico. Tutto qui.»

«Sì, Leo. Solo uno scherzo. Sei sempre così tragico! Non c'è motivo di offendersi» dice Giulio.

Ecco una frase che mi manda ai matti. Ma lo saprò io se mi sono sentito a disagio o no? Sempre la solita storia.

«Se permetti, questo lo decido io» rispondo. Anche se non ho il coraggio di guardarlo, e preferisco scrutare il panorama fuori dal finestrino.

Medea mi poggia la mano sulla spalla. Sento le sue dita che affondano lievemente, come a massaggiarmi. «Non starlo a sentire. Fa l'idiota. Scusaci, davvero.»

Ma a sorprendermi davvero è Giulio. La sua mano destra lascia il cambio dell'auto e mi dà una sonora pacca sulla coscia sinistra, seguita da delle pacche più lievi.

«Sì, scusaci, Leo. Non pensavamo l'avresti presa così.»

«Possiamo fermarci, per favore?»

«Appena posso» dice Giulio. «È anche ora di fare colazione.»

Arriviamo all'autogrill un quarto d'ora dopo. L'aria fuori è già calda. Giulio va dritto verso il bar.

«Fate la guardia, poi andate voi due.»

Io esco dall'auto con le spalle basse. Medea me le raddrizza, spingendole indietro. «Su» mi dice. «Guardami.»

Eseguo. So di avere l'espressione di un cane bastonato. «Volevo dirti che quello che abbiamo fatto, non l'abbiamo fatto per umiliarti. Volevamo farti arrabbiare, sì, e ridere un po'. Ma non volevamo buttarti giù.»

«Lo so, sono io che me la prendo un po' per tutto...»

«Lo so come ti senti, ci sono passata anch'io, te l'ho detto. Tutto il mondo contro di me, come se fossi il loro giullare. E io tagliata fuori. È così, vero?»

Annuisco. Medea sorride dolcemente. Poi mi abbraccia. Mi stringe forte. Sento le sue mani sulla schiena, la sua testa e i suoi capelli poco sotto il mio zigomo. Ci impiego qualche istante a restituire l'abbraccio. Mi lascio andare. Ed è una sensazione che non provavo da tanto tempo. La sensazione di non dover essere costantemente sulle mie, di non dover per forza guidare gli altri, di potermi sciogliere nel calore di un altro essere umano che sa come sto, che non approfitterà della mia debolezza.

Sento un respiro rotto e spezzato che sale dalla pancia, mi scuote, e poi finalmente esce, come una specie di spiritello malefico che ora non deve più saltellarmi dentro ma può finalmente andarsene in giro a fare casini altrove.

«Grazie.»

Medea scrolla le spalle, come se nulla fosse.

Ci appoggiamo alla macchina, osservando le auto che fanno avanti e indietro dal parcheggio.

«Come fai?» chiedo a Medea.

«Ad abbracciarti?»

Sorrido. «No, a non preoccuparti per... tutto questo.»

Medea si tormenta il labbro inferiore tra due dita. «Non lo so. Forse perché ho come la sensazione di non avere mai davvero avuto nulla, e che quindi non sto davvero perdendo nulla.»

«Pensavo avessi tanti programmi per il futuro, che temessi di perdere quelle occasioni.»

«È da quattro anni che ho programmi per il futuro. All'inizio di ogni anno scolastico mi ripeto che sarà diverso, che ci sarà una nuova Medea. Ma sono sempre la stessa, e non cambia mai niente. Stavolta, invece… be', stavolta l'ho fatta grossa.»

Già. Questa è proprio una follia non preventivata. Guardo Medea. La luce del mattino le dona molto. Le dà un colore vivo, un bagliore che sembra irradiarsi tutt'attorno. È così tranquilla. In una parola sola, è bella. Ed è la prima volta che la vedo così.

«Non è che tra uno scarabocchio e l'altro sulla mia faccia vi siete detti dove stiamo andando?»

«Nope. Nada. Rien. Niente. Giulio non ha voluto sbottonarsi.»

A proposito di Giulio, rieccolo. Ha un bicchierone di carta in una mano e due brioche nell'altra. «Fanno anche il caffè americano, incredibile» dice. Beve. «Però fa schifo. In compenso, ho una cartina! Accomodatevi, l'autogrill è tutto vostro.»

Entriamo nel bar. Prima andiamo al bagno, ma ovviamente, nonostante sia presto, quello delle donne è già fuori uso.

«Merda» dice Medea. «E se usassi quello degli uomini? Mi faresti da guardia del corpo?»

«Eh? Io? Ma… ma…»

E mentre io balbetto imbarazzato, Medea è già entrata, ignorando bellamente due signori di mezza età che si stanno lavando le mani e un ragazzino che sta facendo pipì in un orinatoio a muro. Le corro dietro.

Medea si chiude dietro una porta. Io staziono davanti, cercando di non incrociare nello specchio di fronte lo sguardo dei due signori.

«Merda!» È Medea. Che cosa sarà mai potuto andare storto durante una pipì?

«Non c'è carta, qui. Non è che hai un fazzoletto?»

Mi frugo nelle tasche. «Ehm, no.»

«Chiedi a qualcuno, per favore?»

Penso che questa sia una delle cose più imbarazzanti mai fatte in vita mia. Mi avvicino con molta titubanza a uno dei due signori. «Scusi...»

In tutta risposta, mi fa un cenno, ammiccando con lo sguardo poco più in là. Che significa? Seguo la traiettoria dei suoi occhi. Il dispenser della carta per asciugarsi le mani! Dio sia lodato.

Prendo quattro o cinque fazzoletti. Basteranno? Poi busso alla porta di Medea, che si socchiude. Spunta la sua mano. Le do i fazzoletti, che lei strappa via. Pochi istanti, sento tirare lo sciacquone.

Medea esce tranquilla.

Poco dopo, la raggiungo fuori dal bagno. «Non farlo mai più» le dico.

«Cosa?»

«Mettermi in imbarazzo in quel modo!»

«Quale modo? Non mi dire che uno come te, così attento alle tematiche di gender e robe così, si scandalizza se uomini e donne condividono bagni pubblici.» Medea la mette giù in maniera scherzosa, ma in realtà è seria. E non ha affatto torto. Ma il mio problema non è quello.

«Che c'entra, il mio imbarazzo era legato alla situazione specifica.»

«Perché? Pensavo che queste cose non ti toccassero.»

Effettivamente, non dovrebbero toccarmi.

Ci avviciniamo al bancone del bar. Medea ordina un caffè doppio e un saccottino al cioccolato. Io pure, ma aggiungo una spremuta d'arancia. Mentre la barista ci prepara tutto, mi guardo intorno. A un tavolino un signore sta leggendo il giornale. Guardo la prima pagina cercando di capire se c'è qualche notizia. Poi mi rendo conto che è importante per me, quella notizia, ma non merita certo la prima pagina di un quotidiano nazionale.

«Ecco a voi.» La barista ci consegna caffè, brioche e spremuta, spezza lo scontrino e si rivolge verso i clienti successivi.

«Ancora niente, eh?» chiede Medea, che sta guardando il notiziario in tv, con particolare attenzione alle notizie che scorrono in basso.

«Così pare. Ancora liberi. Ma tu che cosa avevi detto ai tuoi?»

«Che dormivo fuori da un'amica. Poi, ieri, ho scritto che forse mi sarei fermata per un altro giorno. Tu?»

«Più o meno lo stesso.»

«Toglimi una curiosità. Tu devi pubblicare tutti i giorni, su Instagram?»

«Sì, perché?»

«Che palle. È praticamente un lavoro. Come fai?»

«Be', come dici tu, è un lavoro. Ma niente telefono, niente stories, e non è certo una tragedia. Anzi, in fondo, forse una pausa mi serviva. Certo, speravo più in una vacanza… vera. A volte ho la sensazione di essere finito in un meccanismo più grande di me. Dove sono più importanti i numeri che faccio, rispetto a quello che dico.»

«Capisco» replica Medea, la bocca piena. «Io invece ti invidio, perché hai trovato il coraggio di parlare. Starsene zitti perché si pensa di non poter aggiungere niente al mondo non è bello, te l'assicuro.»

«E tu ti senti così?»

«Sempre.»

«Non dovresti. Hai tante cose da dire. Hai la risposta pronta. Sai tirare su le persone quando sono giù. Sei sensibile.»

«E come ti vengono in mente tutte queste cose?»

«Me l'hai dimostrato nel parcheggio, poco fa.»

Medea sorride. «Non ho fatto niente di che.»

«A volte basta poco.»

Medea mi poggia la testa sulla spalla. Io poggio la mia testa sulla sua.

«In che razza di casino ci siamo messi.»

«Eh. Già.»

12
Giulio

«Allora, ora puoi dirci dove ci stai portando?»

Credo che Leo e Medea mi abbiano ripetuto questa domanda un miliardo di volte. I bambini piccoli chiedono sempre a che ora si arriva, loro vogliono sapere *dove* si arriva. Ma ormai non manca molto, ci siamo. Perché l'ho scelto? Perché ho dei ricordi bellissimi legati a questo posto. La prima gita di più giorni, in quinta elementare. Qualcuno ebbe gli incubi per quello che vide. Io mi divertii un mondo. Quando tornai a casa, tappezzai la parete di disegni.

E anche se ci siamo lasciati l'autostrada alle spalle da un po', e i cartelli sono abbastanza espliciti, ancora non hanno capito. Ho l'impressione che siano distratti.

«Secondo te ci sta facendo attraversare mezza Italia per ammazzarci?» chiede Medea a Leonardo.

«È probabile, visto che qui sembra di essere in mezzo al nulla. Sei sicuro che sia la strada giusta, Giulio?»

«Sicurissimo.»

Mica tanto. Non mi ricordavo affatto fosse un posto così

sperduto. Almeno, per gli standard di chi vive a Milano e dintorni. Ma qui, nel cuore dell'Italia centrale, a ridosso degli Appennini, le cose cambiano. I paesini sono piccoli, arroccati. Probabilmente sarebbe il posto ideale dove nasconderci. Ma in quest'era digitale, chi può dirsi al sicuro? Non mi ricordo nemmeno se l'auto dei miei ha il tracciamento satellitare antifurto. Ma tanto sono via: Taiwan, Singapore, una cosa così.

Com'era stato il viaggio alle elementari? Un gran divertimento sul pullman, cantando le sigle dei cartoni animati, fermandoci di tanto in tanto per far vomitare qualcuno, un gran casino nei posti dietro. Cominciava già a delinearsi una gerarchia. Io ero tra quelli seduti dietro. E mi dispiacque un po' lasciare davanti…

«Giulio, sei attento e presente a te stesso?» chiede Medea. «Vorrei evitare di schiantarmi.»

«Tranquilla.»

«Sarà, ma ti vedo un po' incerto.»

«Ma che incerto…»

Poi lo vedo, il cartello della salvezza. Parco dei Mostri di Bomarzo. Un meraviglioso giardino popolato da enormi faccioni di pietra dalle sembianze mostruose, appunto. Spero che non mi chiedano di fargli da guida, perché le mie conoscenze si esauriscono qui. Di certo non mi ricordo la presentazioncina che avevo dovuto studiare alle elementari.

«Parco dei Mostri di Bomarzo? E che diavolo è?» chiede Leo.

«Certo che tu non sai proprio niente, eh. Guarda che esiste tutto un mondo, al di là di Instagram.»

Medea soffoca una risata.

«Meno male allora che ci sei tu a erudirmi, uomo di mondo» risponde Leo.

Parcheggio. Ma quando scendiamo, Medea si lamenta.

«Aspettate! E il gatto? Non possiamo lasciarlo qui, morirebbe di caldo!»

«Non credo siano ammessi degli animali nel parco» dico.

«Lo nasconderò nello zaino. Gli zaini sono ammessi?»

«Penso di sì.»

Arriviamo alla biglietteria, paghiamo. C'è poca gente. Meglio, ancora più atmosfera.

«Perché ci hai portati qui? Che posto è, puoi spiegarcelo?» mi chiede Leo rigirando la cartina di sopra e di sotto.

«È un parco molto particolare, con statue molto particolari. Ha una storia misteriosa che non ricordo, ma l'effetto è garantito.»

«Tranquillo, tanto anche se la ricordassi me la racconteresti male come hai fatto con *Gioventù bruciata*.»

«E perché mai avrebbe dovuto raccontarti la trama di *Gioventù bruciata*?» si intromette Medea. «Non dirmi che non l'hai mai visto, Leo!»

«Non l'ha visto, ma millanta di averne visto qualche scena qua e là» lo punzecchio io.

«Allora, cinefili dei miei stivali, e tu Medea, in particolare, tanto per essere chiari, qui abbiamo a che fare con uno che paga con la carta, così è facilissimo farsi tracciare!»

Medea assume un'aria fintamente scandalizzata. «No! Non mi dire. Con tutti i film che hai visto commetti un errore simile?»

«È quello che gli ho detto anch'io!»

«Vogliamo piantarla e visitare questo dannato parco?»

Usciamo dalla biglietteria, percorriamo un lungo viale alberato sotto il sole ormai alto. Ogni tanto, sentiamo il gatto di Medea che miagola: ci costringiamo allora a parlare a voce alta, per coprire i suoi versi e non farci sbattere fuori e attirare ulteriormente l'attenzione su di noi. Decisamente non ne abbiamo bisogno.

Ma finalmente siamo dentro, siamo nel parco. Mi guardo attorno. Leo e Medea spalancano la bocca, sbalorditi. Oh sì, ragazzi. Ad accoglierci ci sono due piccole sfingi che ci osservano con i loro sguardi vacui.

«Hey, leggete qui» dice Medea, indicando un'iscrizione sotto uno dei due animali mitologici. «*Tu ch'entri qua pon mente parte a parte et dimmi poi se tante maraviglie sien fatte per inganno o pur per arte*. Che significa?»

«Ah, boh. Sembra un avvertimento. Magari ce l'ha con te, Giulio» dice Leo.

Fisso la scritta e le sfingi. Per qualche motivo, non riesco a provare la stessa meraviglia di Leo e Medea. Ho sensazioni diverse, sensazioni strane che non riesco a inquadrare. Sento un vociare di bambini. Mi volto. Non c'è nessun bambino.

«Giulio, che c'è? Hai visto un fantasma?»

Scuoto la testa e mi rimetto a camminare. Sento Leo e Medea che parlano dietro di me.

«Ma che ha? Di solito sta sempre a sbruffoneggiare» dice Leo.

Ma è qualcos'altro a rapirmi. Due enormi uomini di pietra, uno di fronte all'altro, avvinti in una lotta colossale, si stagliano vicini a un muro. Fanno impressione. Ed ecco che un'immagine torna piano piano alla mia memoria. Ricordo me, e lui, azzuffarci per gioco di fronte alle due statue. Senza sapere quello che ci sarebbe successo da lì a qualche anno. Ricordo il suo sorriso mentre gli facevo lo sgambetto, buttandolo a terra. Le risate dei miei compagni, che non avevano capito che era un gioco, e si erano messi a prenderlo in giro perché a loro dire era debole, una femminuccia.

Qualcuno mi tira la mano. «Andiamo avanti, Giulio?» dice Medea.

Annuisco, ma mi sento stordito, alienato. Diviso tra passato e presente. Una folata d'aria mi fa rabbrividire. La fitta vegetazione del parco ci protegge dai raggi più caldi del sole, ma non mi aspettavo un clima così fresco. O forse sono io? È tutta questa strana sensazione che ho addosso?

Continuiamo a camminare. Sfiliamo di fianco a un'enorme tartaruga, che non so perché ma mi tranquillizza un po', come se fosse una sorta di benefica divinità guardiana del posto. Ma è una sensazione che dura poco. Che sta succedendo qui? Perché questo posto, che mi ispirava gioia e felicità, si è trasformato in qualcosa di così inquietante?

Proseguiamo da una statua all'altra. «Che spettacolo, Giulio. Bellissimo posto!» dice Leo. È forse la prima volta che non apre la bocca per attaccarmi o criticarmi. «E così eri venuto qui in gita? Ci credo che ti sei divertito, questa roba è il sogno di qualsiasi bambino» aggiunge. Già, ecco che cosa mi era sfuggito, probabilmente. Che non sono più un bambino. Ma è possibile che il sogno di un bambino possa trasformarsi nell'incubo di un adolescente?

«E quello cos'è?» fa Medea. Sta indicando un edificio. Una piccola costruzione a due piani, storta, un po' inclinata. La casa pendente. Su un fianco dell'abitazione c'è una scritta in latino, tutta in maiuscolo: ANIMUS QUIESCENDO FIT PRUDENTIOR ERGO.

«Qualcuno sa il latino?» dice Medea. Dallo zaino risponde un miagolio. Ci guardiamo attorno. No, non ha sentito nessuno.

«Okay, lo so io. Non volevo fare la figura della secchiona, ma se mi costringete... Sembra un invito a riposarsi. Potrebbe essere tradotto come: *L'animo, riposando, diventa migliore, e allora...*»

«Dormiamo?» dice Leo.

«No, entriamo in casa.»

«Sapete, ragazzi, forse per stavolta passo» dico.

Leo e Medea mi guardano come se gli avessi appena detto che mi piace mettere il formaggio sulla pasta con le vongole. «Ma stai scherzando? Sei tu la nostra guida qui!»

«Sì, Giulio, avanti. Non vorrai che sia io a darti del cacasotto» dice Leo.

«È che, non so come, ma associo questa casa a una brutta sbornia.»

Medea tocca il proprio zaino. «Sono carica di medicine come se dovessi guarire un intero ospedale.»

Sbuffo. «E va bene.»

Entriamo direttamente dal secondo piano, l'unico visitabile. E subito una sensazione stranissima si impossessa di me. La casa è storta, sì, da fuori si vede chiaramente. Piena di linee "sbagliate" a cui il corpo umano non è abituato. Com'è che funzionava? Praticamente, poiché la casa è storta, anche i visitatori cercano di assumere una posizione storta per sentirsi dritti. Ed effettivamente, adesso, dopo pochi istanti, mi sembra dritta. Questo significa che sono io a essere storto. Vuol dire che sono io che sto facendo fatica per tenermi sbilanciato, ingannato da un gioco prospettico che... Barcollo. Metto davanti un piede, poi l'altro. Le pareti girano intorno a me. Cerco di sostenermi a un muro, ma la mia mano si appoggia al vuoto. Per poco non cado con le ginocchia sul pavimento.

«Giulio! Giulio!» Chi mi chiama? È Medea? No, non è Medea. Perdo l'equilibrio e cado a terra. Sbatto la testa. Un colpo così forte che per un attimo mi si oscura la vista. No, non è un attimo. È un momento molto più lungo. Secondi? Minuti? Quella voce svanisce nel buio.

Quando riapro gli occhi, è ancora buio. Il buio più nero che esista. Eppure so di avere gli occhi aperti. Alzo una mano davanti ai miei occhi. La vedo. È tutto buio, ma riesco a vedermi. Questo non è il Parco dei Mostri di Bomarzo. Questo deve essere un sogno, e io ci sono dentro.

«Leo! Medea!» grido, ma non sento la mia voce. Poggio una mano sul collo e grido ancora. Sento le corde vocali che vibrano. Ma nessuna onda sonora raggiunge le mie orecchie. Sono nel vuoto. Che cosa faccio, adesso? Dove vado? Posso spostarmi da qui, o galleggio su un'isola invisibile in un mare di nulla? Del resto, dove altro potrei sprofondare, se sono già nel nulla?

Sollevo un piede da terra. Le scarpe. Non sono le mie. O meglio, lo erano. Sono le scarpe da basket che indossavo in quinta elementare. Faccio un passo in avanti. Quando il mio piede destro tocca la superficie, un quadrato bianco si illumina al di sotto per un breve istante. È una mattonella luminosa a pressione che emette una nota, suonata da chissà quale strumento. Forse una specie di organo ancestrale.

Muovo il piede sinistro. Altro passo, altra casella luminosa. E un altro suono, una nota ascendente. Continuo a camminare, passo dopo passo, nota dopo nota.

«Giuuuulioooo!»

«Giuuuulioooo!»

Chi mi chiama? Sembra la voce di un bambino, ma non riesco a capire da dove arriva.

«Giuuuulioooo!»

Decido di andare avanti. Accelero il passo. La scala musicale ascendente continua ad accompagnarmi a ogni passo, le note sono sempre più acute, sempre più acute, fino al punto di non sentirne più nessuna.

Vedo un lumicino dritto davanti a me. Ma non capisco quanto sia distante. Non ho nessun punto di riferimento. Potrebbe essere davvero soltanto un puntino minuscolo, oppure una specie di fine del tunnel. A ogni passo il punto diventa più grande, sempre più grande. Mi accorgo di avere il fiatone, di essere sudato fradicio. La maglietta mi si appiccica addosso, rendendo sempre più faticosi i miei movimenti, come uno straccio che si infila tra le pieghe dei muscoli paralizzandoli.

E mentre avanzo, mi accorgo che il puntino non è un puntino, non è un'uscita. Comincio a distinguere braccia, gambe, un volto. Una piccola figura umana seduta per terra a gambe incrociate. Che cosa sta facendo? È china su quello che dovrebbe essere il pavimento.

«Giuuuliooo!» E se fosse sua la voce che mi chiama? Ora vedo che sta giocando. Ha delle carte davanti a sé, e quello che forse è un trenino di legno. È così luminoso da apparire completamente bianco, come una pura emanazione di luce. Chi è? Cosa vuole?

Comincio a rallentare, ormai esausto, vicino a lui. Mi fermo di fianco al bambino, boccheggiando. Lui smette di giocare e mi guarda. Non pare convinto. «Tu sei Giulio?»

Annuisco, senza fiato. «Non sembri Giulio. Cioè sì, ma più grande. Sei cresciuto.»

«Chi sei? Dove siamo?»

«Lo sai chi sono.»

È lui. È vero, lo so chi è.

«Sei stato cattivo quel giorno. Mi hai preso in giro, insieme agli altri. Io ti volevo tanto bene.»

«Hey, senti, mi dispiace. Ero piccolo.»

Dall'oscurità, di fianco a lui, emerge un'altra figura. È lui, sempre lui. Ma è cresciuto. «Ma poi sei cresciuto» dice lui grande, poggiando affettuosamente una mano sulla testa di lui piccolo. «Neanche allora ti rendevi conto? Ridevi allo stesso modo.»

«Mi dispiace, davvero. Ora sono cambiato.»

«Ormai è troppo tardi per chiedere scusa. Il danno è compiuto.» Si avvicina a me e mi dà un colpo sulla fronte. Barcollo all'indietro, cado a terra. Dove mi trovavo prima, ci sono sempre io. Io, bambino di quinta elementare. Guardo me stesso. Ora ho le scarpe che indosso di solito. Mi sono sdoppiato.

Il lui adulto mi tende la mano. «Seguimi. Lasciali giocare.»

Guardo il mio doppio infantile. Ride, è felice. Mi sembra impossibile che quel bambino possa essere io. Ora.

Seguo lui grande. «Mi hai rovinato la vita, sai?»

Sì, lo so. Lo so, ma ho sempre evitato di pensarci. «Pensavo che ce l'avresti fatta. Che te la saresti cavata.»

«Pensi che fosse necessario mettermi alla prova? Ma forse è vero che le mie spalle sono più robuste delle tue. E che tu chissà come ne saresti uscito, da una prova simile, abituato come sei a vincere sempre, a non trovare nessun ostacolo sul tuo cammino.»

Un rombo assordante scuote l'oscurità, quasi mi sbalza a terra. Sento le grida dei due bambini. E, poco oltre, un enorme volto di pietra, deforme, con lo sguardo folle e la bocca spalancata. I bambini si staccano da terra, come foglie sollevate da un vortice d'aria, e vengono dilaniati dal mostro.

Cerco di correre verso di loro, ma le mie gambe sono bloccate. Ho il fiato corto. I due bambini vorticano uno intorno all'altro, mano nella mano. Il vento li spinge uno contro l'altro. Si abbracciano stretti, roteando come una trottola impazzita. Trascinati verso la bocca del mostro, che si spalanca in un buio ancora più nero.

«Vai a salvarli!» grido a lui grande. «Salvali!»

Lui grande scuote lentamente il capo. «Non posso salvare qualcosa che non esiste.»

«Noooo» grido, sforzandomi più che posso, fino a farmi dolere i muscoli. Ma non c'è modo di muoversi.

I bambini vorticano nella bocca del mostro e svaniscono, inghiottiti dal buio. Sbatto le palpebre, velate di lacrime.

Ora c'è luce.

13
Leonardo

Che spavento quando Giulio è svenuto nella Casa Pendente. Un attimo prima era in piedi, quello dopo *plof*. Giù come una pera. Un colpo di tosse, e poi il blackout. Medea sostiene che sia stato fuori gioco per una decina di secondi, non molto di più. Ma a me quel tempo è sembrato molto più lungo, molto più dilatato.

L'ho preso a schiaffi, ero sul punto di fargli la respirazione bocca a bocca. Poi si è svegliato di soprassalto, sgranando gli occhi, inspirando come se fosse appena riemerso da un'apnea durata ore. A quel punto mi sono gettato su di lui, anche se Medea continuava a dire, con una voce lontanissima: «Fallo respirare, fallo respirare!».

«Non farlo mai più, va bene? Non farlo mai più!» gli ho gridato in faccia. Probabilmente non il sistema migliore per lasciar riprendere qualcuno appena svenuto. Nel frattempo il gatto di Medea si era messo a miagolare a tutto spiano. Ho aiutato Giulio a rialzarsi, poi siamo usciti dalla casa il più in fretta possibile, e abbiamo visto il resto del parco praticamente di corsa.

Perché ho reagito in maniera così scomposta al malore di Giulio? Come se fosse un mio parente, l'amico di una vita. Forse è perché nella situazione in cui siamo non abbiamo altro che noi stessi. Siamo noi tre. Io, Medea, e Giulio. E tutto il mondo fuori.

Ora ci troviamo in hotel. Uno scalcagnatissimo tugurio con una sola stella, un postaccio che non consiglierei al mio peggior nemico. Ma Giulio, anche se ancora un po' stordito, ha pensato che sarebbe stato l'unico posto in cui, sganciando un po' di grana, ci avrebbero fatto entrare senza chiederci documenti.

Aveva ragione. Ma ho anche la mezza sensazione che il suo fascino abbia fatto colpo sulla milf alla reception.

Stasera niente cena fuori, finiamo quello che abbiamo comprato di deperibile. Tipo insalate in busta, prosciutto in vaschetta. Cose così.

Ma la conversazione non decolla. Giulio sembra ancora un tizio su cui è passato un camion.

«Chissà che film si sta facendo mia madre» chiede Medea. «Vorrei mandarle un messaggino.»

«E i miei. E Giuseppe, il mio manager. Sarà imbestialito» dico.

Medea si sdraia sulla moquette dell'albergo, il gattino in grembo che miagola appena prima di acciambellarsi e chiudere gli occhi.

«Giulio» dice Medea stiracchiandosi, «che lavoro fanno i tuoi?»

«Design. Gestiscono un brand.» Lo dice come a voler riempire di ridicolo ogni parola.

«Lo odio, il design. Mi sembra una colossale presa in giro» dice Medea. «A casa tua però non ho notato un arredamento particolare, sai?»

«Perché anche i miei odiano il design. Ma amano i soldi. E hanno capito che con mobili brutti ma molto costosi possono farne parecchi.»

«Te l'hanno detto loro?»

«Ma va', loro se ne vergognano. Lo fanno, ma fanno finta che sia diverso. Fanno finta di crederci. Forse l'ho capito prima di scoprire che Babbo Natale non esiste.»

«Se dici così mi faccio due domande su quando hai smesso di credere a Babbo Natale... l'anno scorso l'hai scritta la letterina?» gli chiedo.

«Ah, ma allora sai essere simpatico anche tu. Sei sano!» risponde Giulio. «E i vostri?»

«Insegnante e impiegato» rispondo io.

«Mia mamma fa la donna delle pulizie e la commessa. Ora però passiamo alle cose serie» risponde Medea, battendo le mani. «Chi dorme dove?»

«Per me la faccenda è semplice» dice Giulio. «O dormo con te, o dormo nel letto singolo.»

«Allora la questione è ancora più semplice, perché io con te non ci dormo» dice Medea, sfoderando un sorriso enorme. «Leo, problemi a dormire con me?»

«Eh? Io? No, no. Figurati. Per me va benissimo!»

«Affare fatto allora! E ora, se non vi dispiace, io direi di cominciare a spegnere le luci e andare a dormire.»

«Ma come, di già?» protesta Giulio. «E dai, divertiamoci un po'.»

Pare che anche la sola prospettiva di dormire nella stessa stanza con Medea l'abbia fatto risvegliare. Ma Medea stasera non ne vuole sapere. «No, Giulio. Sono stanca. E dovresti esserlo anche tu. Stanotte non hai dormito, poi sei svenuto. Fermati un attimo, tira il freno. E tu cerca di non essere troppo rumoroso mentre dormi, o di muoverti troppo. Guai a te se mi ritrovo le tue mani addosso!» mi intima Medea.

«Non penso che gli interessi, sai» le dice Giulio.

«Dimmi tu quando ridere» replico.

Ci infiliamo a letto, spegniamo le luci. Fa freddo, per essere giugno.

Ma il sonno, nonostante la stanchezza che mi sento addosso, tarda ad arrivare. O forse no? Entro ed esco dal dormiveglia più volte, sempre sul punto di addormentarmi come un sasso, ma mai davvero in grado di riuscirci. La stanza intorno a me è discretamente illuminata, riconosco le sagome dei nostri zaini, del tavolino, del comodino, del letto dove dorme Giulio.

Vedo la sua sagoma che si solleva, le braccia puntellate contro il materasso. Che sta facendo? Che cosa vuole?

Poi lo sento sussurrare. «Medea. Psss. Medea. Sei sveglia?»

Con fare furtivo si toglie le coperte. Indossa solo i boxer. È buio pesto ma vedo benissimo la sua sagoma muscolosa, il trapezio del collo scolpito, le gambe poderose, le braccia robuste.

«Giulio! Che stai facendo?» sibilo.

La sagoma nera si ferma in mezzo alla stanza. «Che stai facendo tu! Non dovevi dormire?»

«La vuoi lasciare stare? È stanca. E lo sai che cosa ha passato. Non mi sembra il caso di provarci con lei adesso. E poi non mi pare che ti abbia lanciato chissà quali grandi segnali. O sbaglio?»

«Tu che ne sai di come andavano tra noi le cose mentre tu dormivi stamattina?»

Medea si muove, di fianco a me. È una specie di stufetta umana, potrebbe sciogliere un igloo.

«Non riesco a dormire» dico.

«Nemmeno io» fa Giulio. «Usciamo sul balcone a fare due chiacchiere.»

Mi alzo piano piano, per non disturbare Medea. Poi mi avvolgo in una delle coperte che non abbiamo usato. Giulio rimane con i boxer.

Lo guardo. «Ma… non hai freddo?»

«Ma va'. Li vedi questi?» dice, gonfiando il bicipite. «Loro mi tengono al caldo.»

Modesto, oltretutto.

Usciamo sul balcone. L'aria è fresca. Sogghigno, vedendo Giulio che rabbrividisce impercettibilmente e si massaggia le braccia per scaldarsi un po'. Poi si siede, stravaccandosi. Io socchiudo la finestra, guardando Medea da dietro il vetro, avvolta nelle coperte. Non vorrei che prendesse freddo. O, peggio ancora, che si svegliasse. Non ho le forze di affrontare la sua ira funesta.

Mi siedo per terra, imitando Giulio, già a gambe e braccia incrociate. Non so come faccia a non avere freddo, io a momenti tremo con la coperta addosso. E lui, invece, ha soltanto i boxer. Forse è vero che i muscoli lo tengono al caldo.

«Che guardi?»

La mia testa scatta di lato. Merda. Forse mi ci sono soffermato troppo.

«Niente, niente. Quando mi perdo nei miei pensieri tendo a concentrarmi sulle fughe delle piastrelle.»

«Le piastrelle fuggono?»

Scuoto la testa. «È una battuta pessima. Le fughe delle piastrelle sono…»

«… gli spazi tra una piastrella e l'altra. Lo so.»

«Se lo sai, la tua battuta è ancora più inutile.»

«Va be'. Fughe di piastrelle a parte, a che stavi pensando?»

«Mah, niente di che. A questa cosa. Ancora non capisco come abbiamo fatto a infilarci in un'avventura così stupida.»

«Però è bello, a suo modo. Le vacanze più inaspettate di sempre. Ma senti un po', dimmi. Secondo te ho qualche possibilità con Medea?»

Me lo chiede accennando un sorriso. Forse comincio a invidiarla un po', Medea.

«Non saprei proprio dirti. Non abbiamo mai parlato di te, quando siamo rimasti soli.»

Giulio annuisce ripetutamente. A momenti vedo la nuvoletta dei suoi pensieri recitare "Capisco, capisco, capisco".

Di nuovo quel sorriso. «A volte dai l'impressione di essere completamente scollato dal mondo, non è mica vero che voialtri siete più sensibili.»

«Noialtri?»

Giulio fa un gesto con la mano. «Sì, insomma... La vostra parte femminile.»

Certo che sono proprio un idiota, a volte. «Forse farebbe bene anche a te tirare fuori il tuo lato femminile.»

«Oh, ma certo, caro» risponde, cambiando tono della voce.

Poi uno non dovrebbe alzare le mani. «Sai, dicono che sono soprattutto gli insicuri ad assumere atteggiamenti mascolini. E tu mi sembri proprio uno di quelli che ha un continuo bisogno di conferme sulla propria mascolinità.»

Giulio ride, ma è una risata forzata. «Ma dai, questa è la più grande stronzata che abbia mai sentito. Ti sembra che qualcuno possa avere dei dubbi su di me?»

«Non qualcuno. Tu piuttosto, potresti avere dubbi su di te.»

«Non ho nessun dubbio, te lo assicuro.»

Ahia, sta reagendo maluccio il ragazzo. E a giudicare da come continua a sfregarsi le mani sulle braccia, ha pure parecchio freddo.

«Okay, non hai dubbi. Mi fa piacere se non ne hai. È un privilegio per pochi essere convinti della propria identità.»

Cala il silenzio. Siamo seduti uno di fianco all'altro, a pochi centimetri di distanza. Guardiamo la luna, le poche nuvole che le scivolano placidamente attorno, come in una danza di corteggiamento.

«Secondo me, un po' a Medea piaci.»

«Dici?»

«Al gioco della bottiglia ti è saltata addosso. Sai cosa non le piace, invece?»

«No.»

«L'idea che tu le piaccia. E la capisco.» "La capisco": ma cosa mi salta in mente? Per un attimo sgrano gli occhi, poi inizio a guardare la luna con indifferenza. Spero che non abbia sentito quest'ultima parte.

«Cosa intendi dire?» dice lui.

Okay, non ci ha dato molto peso. Posso continuare a guardarlo negli occhi.

«Perché non provi a essere un pelo più sensibile? Ma giusto un po'. Prova a non dover dimostrare sempre di essere il più figo, il più forte, il più sicuro di tutti.»

«Hey, che ci posso fare se sono nato maschio?»

«Ecco, vedi? Hai la testa piena di queste idiozie da cavernicolo.»

«Mamma mia, ma nemmeno un po'...» Gli sfugge un brivido di freddo che lo scuote dalla testa ai piedi.

«Un po'?»

«Di ironia.»

«Giusto, facciamocela una risata. E magari ammettiamo anche di avere freddo, non è che siamo meno uomini se ci copriamo.»

«Ma io non ho freddo. E poi non ci sono altre coperte.»

«Vuoi una parte della mia?»

Okay, sono un idiota. Non c'è più alcun dubbio. I grilli smettono di cantare. Le nuvole intorno alla luna non danzano più. La brezza serale muore di colpo, cessa anche il fruscio delle foglie. Ho appena chiesto a Giulio, vestito solo dei suoi boxer, di venire sotto la mia coperta.

Giulio si alza in piedi, lentamente, controllando ogni movimento. Ora mi mena.

«Dai, fammi spazio.»

«C-cosa?»

«Prima mi inviti e poi te ne resti imbacuccato solo tu?»

«No no, scusa, ecco.»

Allargo il braccio destro, aprendo la coperta come se fossi Batman con il proprio mantello.

Giulio afferra il lembo della coperta, incontrando le mie dita per un brevissimo istante. Ha le mani freddissime.

Poi tira la coperta su di sé. Rabbrividisco quando il suo corpo tocca il mio. «Sei ghiacciato.»

«Qui sotto invece si sta da dio, e te la volevi tenere tutta per te!»

«Ma se eri tu che dicevi di non avere freddo.»

Sento contro la pelle le sue braccia, che si scaldano pian piano, mentre il mio corpo cede calore al suo. Sono teso come una corda di violino, non riesco a rilassarmi. Ho paura di lasciarmi andare e di appoggiarmi troppo a lui, ho paura che possa interpretarlo come un'invasione del suo spazio personale.

«Comunque lo sto facendo per dimostrarti che non ho dubbi su di me e sulla mia sessualità.»

Annuisco, anche se è bizzarro che senta il bisogno di ribadirlo...

«Certo che oggi è stato imbarazzante svenire» continua.

«No, perché? Può succedere.»

«Sono venuto giù come un sasso. *Sbam*.»

«Ci hai fatto spaventare, effettivamente.»

«Medea si è preoccupata per me?»

«Sarebbe stata una stronza a non preoccuparsi.»

«Dici che se fossi rimasto a terra ancora un po' mi avrebbe fatto la respirazione bocca a bocca?»

«Non credo, avrebbe chiamato l'ambulanza, forse. Comunque eri svenuto, se vuoi saperlo, ma dicevi delle cose.»

Giulio si scosta. Rimane sotto la coperta, ma si allontana. «Delle cose? Cosa?»

«Era come se stessi chiedendo scusa a qualcuno. E poi, a un certo punto, hai cominciato a gridare "nooo". Siamo stati fortunati che non ci fosse nessuno nelle vicinanze, ma il gatto di Medea è praticamente impazzito. Ti ricordi qualcosa, tu?»

Giulio tace. Il suo sguardo va verso terra.

«No, non ricordo nulla.»

Bugia. «Guarda che puoi parlarmene, se ti va.»

«Se anche te ne parlassi, non cambierebbe niente.»

«Allora ti ricordi.»

«Ti ho detto che non mi va di parlarne.»

«Aprirti un po' ti farebbe bene, te lo ripeto. Sei stato male, hai avuto persino delle visioni...»

«Senti, ma perché devi sempre prenderti carico di tutti i mali del mondo? Ti fa sentire migliore di noi? Perché non accetti che non tutti hanno bisogno di te? Io sto bene così, non ho visto niente, sono svenuto perché non avevo dormito e questo è quanto.»

«Ma sei ancora qui, dovresti dormire, e non ci riesci. Sei ancora sveglio. C'è qualcosa che ti tormenta...»

Giulio si alza di scatto, come una furia, liberandosi della coperta. «Sei tu che mi tormenti, tu. Soltanto tu. Tu, con le tue menate sull'essere sicuri di sé, sull'identità, su ciò che sono. Forse sei tu a non sapere cosa sei, o a non accettare gli altri per quello che sono. Io sono così, va bene? E ora scusami, ma torno a letto.»

Giulio se ne va, lasciandomi solo sul balcone. Sento il cuore che batte a mille e una sensazione che conosco fin troppo bene. Quell'adrenalina tutta particolare che provo quando mi confronto con qualcuno di cui ho paura. Sospiro, mi avvolgo nella coperta. Che stupido sono stato. Di nuovo. Ad aver pensato, anche solo per poco, che preoccuparmi di lui potesse fargli piacere. Rabbrividisco. Senza Giulio, la notte è ancora più fredda. Ma forse è meglio così.

Mi alzo, avvolgendomi più stretto nella coperta, e poggio la mano sul vetro della finestra per rientrare.

Ma la finestra non si apre. Spingo più forte. È chiusa. Sbarrata.

Poi guardo oltre il vetro. I miei occhi incrociano lo sguardo di Giulio mentre si infila nel letto di fianco a Medea.

14
Medea

Non so se a svegliarmi è il miagolio del gatto, il raggio del sole mattutino che si posa sulla mia gamba sinistra, qualcuno che bussa alla porta o l'odore della pelle di Leo. Non ho ancora aperto gli occhi, ma oltre le palpebre percepisco già il chiarore che invade progressivamente la stanza, e il silenzio del mattino, quando tutti ancora dormono, o forse sono svegli e tacciono persi nei loro pensieri.

Non saprei spiegare come mi sono ritrovata con la testa poggiata sul petto di Leo, e non sul mio cuscino. Non saprei nemmeno dire perché fino a stamattina non mi ero accorta del suo petto così comodo, o delle sue braccia.

E se penso che fino a pochi istanti fa, quando ero ancora immersa nel dormiveglia, senza sapere bene in quale "qui" e quale "ora" fossi, mi strusciavo con la testa contro di lui come una gatta che fa le fusa, se penso a questo ho come l'impressione che le mie guance si tingano di un lieve imbarazzo, mentre una strana dolcezza mi fa venire voglia di sciogliermi ancora di più e rimanere qui su di lui per sempre, per non pensare a quello che c'è fuori.

Già, fuori. Oltre la porta di questa stanza d'albergo, a parecchi chilometri di distanza. Un ragazzo che voleva violentarmi e che abbiamo quasi ammazzato, spaccandogli la testa. E cosa mi inventerò con mia madre? Che cosa le racconterò? Ha davvero ragione Giulio, quando dice che nessuno mai mi crederà, perché il suo amico era il classico ragazzo che salutava sempre, figlio di buona, ottima, eccelsa famiglia che si batterà fino all'ultimo centesimo per devastarci?

Bussano di nuovo alla porta. Non lo sanno che la gente va negli hotel per riposarsi, e che vorrebbe dormire in pace la mattina? E ancora il miagolio. Che potrebbe essere il mio, ma invece è quello del gattino. Ha diritto a qualche coccola anche lui, no? Apro gli occhi, e quando sollevo la testa non è Leonardo quello che è sotto di me. È Giulio. Mi sposto indietro, quasi cadendo dal letto. Che cosa ci fa? Quando si è infilato qui dentro?

Bussano, ancora. Ma non è dalla porta che arriva il suono. Arriva… dalla finestra? Mi giro, con gli occhi ancora socchiusi, feriti dalla luce del mattino. Metto a fuoco la sagoma dietro la finestra, avvolta in una coperta. Leonardo. Che cosa ci fa Leonardo lì fuori?

Mi alzo, sentendomi nuda, anche se non lo sono. Mi sento nuda perché Giulio si è infilato nel mio letto, e ha dormito vicino a me. Senza avermelo chiesto.

Apro la finestra.

«Che ci fai qui fuori, tu? E che cazzo ci fa là dentro, lui?»

Leonardo si fionda nella stanza, rabbrividendo, stringendosi addosso la coperta. «Ieri abbiamo fatto una chiacchierata sul balcone. Poi mi ha chiuso fuori.»

«E non potevi svegliarmi?»

«Non volevo svegliarti, è questo il punto. Volevo lasciarti dormire senza darti fastidio.»

«Più fastidio che dormire di fianco a quello lì?!»

Un gemito alle mie spalle. Il lamento di qualcuno che si sta stiracchiando con lentezza. «Si può sapere che bisogno c'è di gridare di prima mattina?» chiede Giulio. Apre gli occhi, ci vede e sorride. «Hey, bellezza. Dormito bene?»

«Come... come...» A malapena riesco a parlare. «Come ti sei permesso? E lasciare fuori Leo tutta la notte!»

Giulio si passa una mano fra i capelli, mettendosi a sedere. «Uno scherzo, dai. Scusa, Leo. Amici come prima?»

Giulio tende la mano a Leo. La schiaffeggio via.

«Tu hai dei problemi seri con il concetto di consenso, sai?» dico avvicinandomi al bordo del letto e guardandolo dall'alto in basso. «No è no, lo vuoi capire? Ti avevo detto che non volevo dormire con te.»

«Ma se stamattina non facevi altro che strofinarti su di me!»

«Pensavo fossi Leo!»

Ci metto qualche istante a capire che cosa ho appena detto, istanti silenziosi in cui i miei occhi cercano di posarsi su qualsiasi cosa, tranne Leo e Giulio, e durante i quali sento i loro sguardi stupiti su di me.

«Non è come pensate!»

O forse sì? Fermati un attimo, Medea. Ragiona, ragiona, ragiona. Eri mezza addormentata, non eri padrona di te stessa. Avevi a fianco un corpo umano, che può fare sempre piacere al mattino appena svegli, e hai sentito il bisogno di un contatto fisico. E pensavi che fosse Leo, perché ti ispira una certa tenerezza e sai che lui non se ne approfitterebbe mai.

Però aspetta, Medea. Guardo Giulio, con la coda dell'occhio. È anche vero che quando ti ci sei appiccicata, stamattina, ti è piaciuto anche quello che hai sentito sotto la pelle. Quel calore, quell'odore. È anche vero che durante quello stupido gioco della bottiglia hai baciato Giulio molto più a lungo di quanto ti aspettavi. E di quanto si aspettava lui, e di quanto si aspettava chiunque altro. Ho scioccato tutti, con quel bacio.

Mi giro verso Leo. «Senti...»

Leo agita le mani davanti a sé, come se stesse allontanando da sé chissà quale colpa. «No no no, figurati, tranquilla. Non c'è problema. Non devi spiegarmi nulla.»

Quanto è adorabile. Forse gli farebbe piacere, se gli dicessi che sto bene con lui, in sua compagnia, che pensare di trovarmi nel suo abbraccio mi ha fatto finalmente sentire in compagnia di qualcuno, e non la solita reietta. Anche se ora come ora forse non lo abbraccerei. O forse sì. Cioè. Merda. Non ci capisco più niente.

«Tu e tu » dico. Afferro Giulio per il braccio, trascinandolo a forza fuori dal letto e cercando di non fare caso al fatto che sia mezzo nudo, poi prendo Leo, e li spingo tutti e due sul balcone. «Io adesso mi faccio una doccia. Voi state qui finché non ho finito.»

Sbarro la finestra, chiudendoli fuori. Poi tiro le tende, in modo che non possano vedermi. Se hanno fatto comunella stanotte, un altro quarto d'ora in compagnia non li ucciderà. Mi spoglio e mi fiondo sotto la doccia. L'acqua è bollente, ma non mi importa. Ho sempre amato l'acqua bollente.

Quando esco dalla cabina della doccia, mi avvolgo nell'asciugamano e mi faccio strada fino al piccolo specchio sopra il lavandino in una nuvola di vapore. Tolgo un po' di condensa.

Mi guardo. Mi piaccio? Boh. A volte sì, a volte no. A volte mi odio, mi faccio schifo, a volte non mi sembra di essere così male.

Apro l'asciugamano. Mi torco su me stessa, stringendo un gluteo tra le dita. Detesto queste smagliature. E se Giulio le ha viste? E Leo?

No, impossibile. Ero coperta. Ma poi cosa me ne importa? Esco dal bagno e mi vesto. Credo che avremo presto bisogno di vestiti nuovi, se non vogliamo dare vita a una nube radioattiva che ci segue a ogni spostamento che facciamo.

Poi apro le tende, piano. Sul balcone, Leo e Giulio sono in piedi. E si abbracciano. Richiudo lo spiraglio di tenda che ho appena scostato.

Sì, Giulio sta abbracciando Leo. O viceversa. Non riesco a capire bene. Che diavolo sta succedendo? Quanto tempo sono rimasta sotto quella doccia per dare a quei due il tempo di arrivare a questo punto, dopo lo scherzo scemo che Giulio ha tirato a Leo stanotte? Ed è scemo, Leo, a perdonarlo così in fretta?

Riapro piano la tenda. Sbircio. Ora non sono più abbracciati, stanno uno di fronte all'altro. Mi sembrano imbarazzati entrambi. Ma Leo, strano, sembra sollevato, quasi felice. Che diavolo è successo stanotte?

Spalanco le tende, loro si girano di scatto voltandomi le spalle. Fanno i vaghi, 'sti due. Credono di potermi lasciare all'oscuro. Questo è un gossip gigantesco, se solo avessi qualcuno a cui raccontarlo.

Apro la finestra, sento l'aria esterna che entra nella stanza. «Scusate se interrompo qualcosa, ragazzi, ma io ho finito.»

«Stavamo giusto scommettendo quanto ci avresti messo» dice Giulio, tirando una manata sulla spalla di Leo. «Vado io!»

Mi faccio da parte per farlo passare, cercando di guardare

altrove mentre mi sfila davanti. Ma ha quell'odore addosso, maledizione, quell'odore che stamattina era così buono, così dolce, così rassicurante.

Esco sul balcone. Leo mi fa un cenno di saluto col capo.

«Che diavolo è successo stanotte? Perché ti ha chiuso fuori? E perché ora sembrate amici per la pelle?»

Leo sorride tra sé e sé. Un sorriso quasi tenero, dolce. «Stanotte sono successe delle cose e ne sono state dette altre.»

«E sei stato tenuto fuori tutta la notte. Ieri piagnucolavi per dei disegni sulla faccia, ora invece è come se non fosse successo nulla.»

Leo mi guarda con un'aria di sufficienza.

Mi mordo la lingua. È che sono indispettita. Forse anche arrabbiata. Tra Giulio nel mio letto, lui e Leo abbracciati, Leo che ha subìto uno scherzo pesante... Mi sembra tutto così terribilmente incoerente. Ho la sensazione che mi sfugga qualcosa. E odio che mi sfuggano le cose.

«Scusami, ho parlato senza pensare. Però... capisci che è strano, no?»

«Sì, lo capisco. E lo è, strano. Però ho come la sensazione che Giulio, in queste ore, stia cambiando. Non so perché, e continua a fare delle cose da vero stronzo. Però... C'è qualcosa che ci nasconde.»

«Gli hai chiesto di quello che farfugliava mentre era svenuto? O mezzo svenuto, almeno.»

«Yesss, certo che sì. E tanto vale che te lo dica.»

«Aspetta, sei sicuro che Giulio sarebbe d'accordo?»

«Giulio è solo troppo orgoglioso e troppo intimorito dall'idea che raccontarti questa storia possa minare il suo fascino.»

Ci penso un po' su. «Okay, sentiamo, allora.»

Leo sospira. «È una questione molto semplice, in realtà, quasi banale. Giulio aveva un amico, si chiamava Federico. Hanno fatto le elementari e le medie assieme. Amici per la pelle, davvero. Ma poi è successo qualcosa. Federico ha cominciato a capire qualcosa in più su di sé. Ha cominciato a capire che, forse, non erano le ragazze ad attrarlo.»

«E cos'è successo a quel punto? Non dirmi che Giulio...»

«Giulio ha dato il peggio di sé, esatto. Prima allontanandosi da lui, quasi rifiutandolo. Ma presto, invece che ignorarlo e basta, ha cominciato a prendersela con lui. A tormentarlo. A bullizzarlo.»

«Uh.»

«E non è finita qui. Perché Giulio e i suoi amici sono arrivati a vessare Federico a tal punto da costringerlo a scappare. La situazione era così insostenibile che Federico e la sua famiglia si sono trasferiti in Calabria per lasciarsi tutto alle spalle.»

«Addirittura? Mi chiedo che cosa gli abbia fatto Giulio...»

«Questo credo che non ce lo dirà mai. »

Uhm. Di solito si va in Tibet per ritrovare se stessi. Invece Giulio a quanto pare ha scelto il Parco di Bomarzo. Forse non ci aveva nemmeno pensato, che si sarebbe dovuto confrontare con i suoi ricordi. O forse era tutto voluto fin dall'inizio? E se avesse deciso di fare questo viaggio perché per una volta ha trovato due persone diverse dagli imbecilli che frequenta di solito? D'altra parte si dice che è molto più facile aprirsi con degli sconosciuti. Gente che non ti giudica, che non ha nessun preconcetto su quello che sei, che ascolta quello che dici e basta, senza ripensare a errori e comportamenti passati.

Una cosa è sicura: ora sono più curiosa che mai. Anche se non mi è ancora molto chiaro come siano finiti ad abbracciarsi.

«Davvero stamattina eri contenta di essere abbracciata a me? Cioè, di pensarlo.»

La domanda di Leo arriva a bruciapelo. Sì. No. Non lo so. Anzi, lo so.

«Be', sì. In un certo senso.»

Leo annuisce, guardando verso l'orizzonte. I suoi ricci neri brillano sotto il sole, i suoi occhi sembrano vedere al di là di tutto, cose che gli altri non vedono. «Anche a me ha fatto piacere quando mi hai abbracciato, ieri mattina.»

Gli sorrido, anche se continuo a sentirmi in imbarazzo. «Cioè, era un abbraccio per consolarti, perché eri giù, io avevo sbagliato, ti avevo ferito...»

«Sì, certo, lo capisco. E poi forse anche tu stamattina dopo quello che hai passato cercavi solo un po' di calore umano, affetto. Insomma...»

«Niente di più.»

«Niente di più.»

Lo diciamo insieme. Ma non riusciamo nemmeno a guardarci negli occhi, se non per un breve istante. Possibile che entrambi l'abbiamo detto per uscire dall'imbarazzo, solo per liberarci da questo equivoco e troncare sul nascere ogni cosa? Ma poi, ogni cosa... *cosa*? Fino a questo momento Leo non mi sembrava per nulla interessato a me, invece ora... insomma, ho un dubbio, tutt'a un tratto.

«E senti, tu sei tranquilla? Cioè, per quello che è successo.» Ha cambiato argomento. Bene.

«No.» Ma il mio tono di voce è tutt'altro che preoccupato. «Mi sembra così assurdo che non riesco a pensarci sul serio. Cioè, se ci penso un po' di strizza mi viene, però...»

«Capito, capito. Ma non sei, come dire, traumatizzata?»

Scrollo le spalle. «Ho avuto paura, sì. Ne ho anche adesso. Ma… è come se una parte di me fosse rimasta lì, sul bordo di quella piscina.»

Leo annuisce ancora. «Capisco, cioè, in realtà no. Ma posso provare a immaginare, e non deve essere facile. Per qualsiasi cosa io comunque ci sono…»

«Okay.»

Aiuto. Fa' che dica qualcos'altro. Fa' che la smetta di guardarmi in quel modo.

«Io invece sono preoccupato per i miei. E per il mio manager» continua. Sta tentando anche lui di riempire il silenzio. I suoi occhi dicono altre cose, sono pieni di una dolcezza che mi confonde.

«Allora io sono messa meglio di te, da quel punto di vista. Ho solo una mamma di cui preoccuparmi» dico con uno slancio che mi sembra eccessivo.

«Divorziati?»

«Macché. Sparito nel nulla. Avevo sei anni.»

«L'hai più rivisto?»

«No. Non ricordo niente di lui. Mia madre ha buttato tutte le foto, o le ha nascoste, non so.»

«Occhio non vede, cuore non duole, insomma.»

«Sì, anche se…»

«Se…?»

«Non vedo, ma qualcosa in realtà ricordo. Ricordo che litigavano sempre. E che lui la picchiava, a volte.» Perché mi si sta spezzando la voce? Perché questo ragazzo, che manco conosco, riesce a farmi dire cose che non ho mai detto nemmeno a me stessa? «È difficile, sai? Viviamo in un mondo dove la famiglia è quella delle pubblicità, dove a scuola i primi temi che ti fanno fare sono sempre gli stessi, sul descrivere questo, descrivere quello. Io non avevo niente da descrivere, di bello. Dovevo inventare. Ancora oggi faccio fatica a vedere tutte quelle pubblicità di famigliole felici.»

«Cavoli, mi dispiace» dice Leo. Sento la sua mano che mi si poggia sulla spalla, massaggiandomela, in una specie di abbraccio timido e goffo.

Non so se sia lui a tirarmi a sé, forse solo impercettibilmente, o se sia io a oscillare verso di lui. Mi trovo con la testa sulla sua spalla, stretta a lui. Forse sto piangendo. Sì, sto piangendo, merda. Tutt'a un tratto sento la tensione allentarsi, qualcosa dentro di me che forse tenevo bloccato da troppo tempo, e che ora può finalmente fluire via liberamente.

«Hey, hey.» Leo si gira, mi abbraccia, sento le sue labbra posarsi sulla mia testa. «Stai tranquilla, Medea. Stai tranquilla.»

Con una mano Leo mi solleva il viso, con l'altra mi asciuga le lacrime.

Qualche attimo dopo le nostre bocche sono una contro l'altra. Solo le labbra. Solo le labbra, e le sue mani che accarezzano la mia testa.

Alla mia sinistra sento dei passi nella stanza, poi la voce di Giulio.

«Hey, io ci son… Oh.»

15

Giulio

La giovane impiegata dell'hotel mi sorride, e le sorrido anch'io, mentre esco. Lei avrà sui 25 anni, ha un sorriso radioso e scommetto che quando si mette in tiro la sera è uno schianto. Deve aver saputo che ho sganciato un sacco di soldi la sera prima. La ringrazio, mi metto lo zaino in spalla e la saluto.

La verità è che molto probabilmente ho un aspetto di merda, perché non ho chiuso occhio nemmeno stanotte. E non perché fossi vicino a Medea. No. Non ho dormito principalmente per due motivi.

Uno, è che temevo di ripiombare nell'incubo che ho avuto quando sono svenuto. Non avevo nessuna intenzione di svegliarmi gridando nel cuore della notte, magari anche tra le lacrime.

Due, è che con Leo ho fatto proprio lo stronzo. Nel momento stesso in cui l'ho chiuso fuori, ho sentito il senso di colpa crescere dentro di me. E perché avrei fatto una carognata del genere? Perché mi sono bastati cinque minuti vicino a lui, sotto la coperta, per sentirmi vulnerabile come non lo ero mai stato prima. Perché in quei cinque minuti mi è tornato in mente il mio incubo. Mi è tornato in mente un passato che avevo rimosso, insieme al dolore che avevo causato. E non so come mi sia venuto in mente, ma devo aver pensato che chiudendo fuori lui, avrei chiuso fuori anche quei pensieri.

Salvo poi passare tutta la notte immobile, fissando alternativamente la sagoma di Medea che dormiva, il soffitto e Leo seduto contro la finestra, la testa piegata da un lato. E non ho avuto nemmeno il coraggio di andare ad aprirgli.

Poi, dopo aver rivelato tutto a Leo, trovo lui e Medea che si baciano. Leo deve avere una specie di potere magico, a questo punto. Non ci sono altre spiegazioni. Lui direbbe che è questione di empatia. Io direi che siamo in una situazione assurda, e facciamo cose assurde. D'altra parte, se è vero che ormai le nostre vite sono finite… Ma la cosa ancora più assurda è la fitta che ho provato vedendoli. E non me lo spiego, perché non sono certo innamorato di Medea. Che senso ha essere gelosi? Forse era invidia nei confronti di Leo. Ma sì, per forza.

Esco dalla hall, sul piazzale davanti all'hotel. Medea e Leo non sembrano nemmeno conoscersi. Lui è seduto su un muretto a secco, Medea è poco più in là, sempre sul muretto, e se ne sta sdraiata a occhi chiusi.

«Ragazzi, quindi? Dai che la macchina è lì.»

«Non c'è la macchina.»

Guardo Leo, che non si è nemmeno degnato di sollevare lo sguardo.

«Ma come non c'è la macchina? È là dietro, dietro quei cespugli.»

«Non c'è.»

Non scherziamo, ragazzi. Mollo lo zaino ai piedi di Leo e

corro verso la macchina. O verso dove dovrebbe essere, quantomeno. Perché dietro i cespugli non c'è. La macchina non c'è.

«Oh merda.» Mi guardo attorno. Forse mi ricordo male. Forse ho dormito così poco che la mia memoria mi gioca brutti scherzi. Corro di qua e di là, come una gallina cieca. Ma le macchine parcheggiate sono pochissime e sono tutte lì. Tutte, tranne la mia.

«Mi hanno rubato la macchina» dico a me stesso ad alta voce, come per cercare di dare un senso di realtà a quello che è successo. «Mi hanno rubato la macchina.»

Torno da Leo e Medea a passi lenti, testa alta e occhi sbarrati.

«Visto?» dice Leo.

«Ma non te ne rendi conto? Mi hanno rubato la macchina. A Bomarzo! Siamo in mezzo al nulla!»

Medea apre un occhio. «Quindi si torna a casa?»

«No, non si torna a casa!» grido. «Questo viaggio non è ancora finito. La mia vita non è ancora finita. Questo viaggio va avanti fino a quando lo decido io.»

Medea si rimette la cuffia.

«Sì, ma dove andiamo? Con cosa?»

«Esisterà una stazione, degli autobus, qualcosa con le ruote. Anche a Bomarzo.»

«Credo che gli abitanti di Bomarzo si offenderebbero, se ti sentissero.»

«I miei mi uccidono.»

«Hey, senti.» Leo mi mette la mano sul braccio. Il suo tocco. Il tocco magico che ammansisce uomini e animali. Mi guarda negli occhi. «Calmati, Giulio. Calmati. Abbiamo già combinato di peggio. Questo è solo un eccesso di sfiga. Ma il peggio è già successo.»

«Ah, se lo dici tu. Perché a me questa sembra la classica situazione da "non potrebbe andare peggio di così", e invece poi si mette a piovere. *Frankenstein Junior*, capisci?»

Leo mi regala uno sguardo smarrito. Non ha visto un film che sia uno, questo ragazzo. Poi mi mostra una mappa del luogo. Deve averla recuperata tra i dépliant alla reception. «Non so bene quanto ci metteremo, da qua, ma se siamo qui, seguendo questa strada arriviamo alla stazione di... Attigliano. Cinque minuti di auto. A piedi quanto sarà? Un'ora?»

«Dipende da quanto va veloce l'auto.»

«Sì, ma sono in discesa. Diciamo che a esagerare sono dieci chilometri, in un paio d'ore massimo ce la caviamo.»

«Bella scarpinata. Andiamo, non perdiamo tempo. Fa già fin troppo caldo. E ho fame.»

Ci incamminiamo, zitti e muti, il sole che picchia sulle nostre teste. Non vola una mosca. Per fortuna, dopo un po' la strada si fa alberata e ci regala un po' d'ombra.

Guardo Medea e Leo, che continuano a ignorarsi.

«Che c'è, ragazzi? Vi vedo silenziosi. Non ditemi che siete in imbarazzo per quello che è successo stamattina.»

Chissà se Medea è appena arrossita o è semplicemente accaldata per la camminata. Leo, invece, si strofina la nuca.

«Mi hai baciato l'altra sera, stamattina toccava a Leo. Mi sembra giusto» continuo.

«Sì, mancate solo voi due adesso. A meno che non sia già successo» dice Medea.

Scoppio a ridere. «Mi dispiace, ma sto bene così. Grazie! Vero, Leo?» dico, mettendogli un braccio intorno alle spalle e tirandolo verso di me.

«Ahiahiahi, fai piano, Giulio!» si lamenta lui.

Medea ci lancia un'espressione perplessa. Qualcosa non le torna. E forse nemmeno a me, onestamente.

«Hey, guardate lì!» dice lei. Indica un cartello malamente scritto a mano, con l'inchiostro ormai tutto sbavato. "Colonia felina."

«Forse potremmo lasciare lì il gattino» dice Medea.

«Sei rinsavita, finalmente?»

«È troppo sbattimento per noi, e troppo pericoloso per lui. Che ne dite?»

«Sempre meglio che abbandonarlo in mezzo al niente» dice Leo.

Seguiamo le indicazioni del cartello, che ci conducono su uno sterrato che si snoda per qualche centinaio di metri nella campagna circostante. All'improvviso, dietro una curva, ci imbattiamo in un casolare abbandonato. Nell'erba alta di fronte a noi, zampetta un felino: ci guarda con le sue pupille verticali.

«Mi sento giudicato» dice Leo.

Medea tira fuori il gattino dallo zaino. L'altro gatto ci osserva ancora un po', poi ci volta le spalle e si dirige verso il casolare.

«Dite che il guardiano ci sta invitando a seguirlo?» chiedo.

Leo scrolla le spalle. Ci incamminiamo dietro il felino, stando a distanza di sicurezza. Man mano che ci avviciniamo al casolare, i gatti sembrano moltiplicarsi. Sembra davvero il loro regno.

«Che accoglienza» dice Leo, notando i loro sguardi sospettosi.

Il gatto guardiano si ferma e si volta a osservarci, come a sincerarsi che lo stiamo seguendo, poi entra nel casolare.

Ci conduce tra mura diroccate, tavole di legno marcio, scheletri di volatili troppo lenti a spiccare il volo. Poi, con due agili salti, raggiunge un piano rialzato dove, un tempo, qualcuno doveva tenere il fieno.

Guardo con sospetto la scaletta di legno che dovremmo salire per seguirlo. «Dite che ci reggeranno, quei quattro legni?»

«Saliamo uno alla volta» suggerisce Leo. «Prima Medea, che ha il gattino.»

Medea, titubante, si avventura lungo i gradini che gemono sotto di lei. Ma la scala regge, e Medea arriva in cima.

«Vai tu» dice Leo.

«Ma sei più leggero.»

«Preferisco venire per ultimo» ribadisce Leo.

«Come vuoi tu.»

Salgo un gradino dopo l'altro. Ho come l'impressione che la scala di legno quasi ondeggi, sotto di me. Cigolii che farebbero invidia a un film horror. Ma infine sono su.

«Avanti, Leo.»

Leo sbuffa. Ha paura, è chiaro. Gli tendo le braccia. «Avanti.»

Anche lui mette un piede dopo l'altro. È ormai all'altezza del piano, quand'ecco che un gradino si spezza sotto i suoi piedi con un sonoro *crack*. Il piede gli va giù. Sta per cadere. Mi tuffo prendendolo per le braccia. Salvo.

«E non abbiamo neanche mangiato pesante, ieri» dico.

«Tirami su, per favore!» dice Leo.

Tendo i muscoli e, con un po' di fatica, lo sollevo quel tanto che basta per aiutarlo a raggiungere il gradino successivo. Due passi dopo, Leo mi frana addosso. Me lo ritrovo letteralmente tra le braccia.

Sento il suo corpo snello sotto le dita, e il suo cuore battere fortissimo per lo spavento.

«Quando avete finito di scambiarvi effusioni, qui ci sarebbe un gattino da salvare» dice Medea. Leo rotola via e si alza in piedi, ancora boccheggiante. Io tengo lo sguardo basso. Mi sento un po' in imbarazzo.

«Guardate qui» dice Medea, che ha il buon senso di non infierire. «A quanto pare il guardiano è proprio un gatto intelligente.»

Per terra, in mezzo a un cumulo di paglia, una mamma gatta sta allattando dei gattini.

«Dite che accetterà il nostro?» chiede Medea. «Ha un capezzolo libero» dice, scrutando in mezzo a tutti quei micetti.

«Aspetta» fa Leo. «Giulio, aiutami a distrarla.» Leo si avvicina alla gatta e comincia a carezzarle la testa. «Tu tienila ferma» dice. Le immobilizzo la testa con le mani. Ogni tanto le dita di Leo sfiorano le mie.

Dietro di me, Medea attacca il gattino al capezzolo libero.

Arriviamo ad Attigliano sudati fradici, dopo essere sopravvissuti all'andirivieni di auto e furgoncini sulla statale e aver attraversato il Tevere.

Il paesino è minuscolo. Le panchine, a ogni angolo di strada, sono occupate da gruppetti di anziani dai capelli bianchi che indossano tutti una camicia azzurrina, pantaloni e sandali, e continuano o a parlare tra di loro o a tacere, appuntando i loro sguardi su di noi.

«Fermi, fermi. Aspettate» dice Medea a un tratto.

«Che succede? Non ti senti bene?» domanda Leo.

Medea si siede su una panchina miracolosamente vuota e si tocca una tempia. «Mi gira un po' la testa, sarà il caldo. Che palle.»

Cerchiamo di sorreggerla, ma non è questo che vorrebbe Medea.

«Ragazzi, aiutatemi a trovare un bar all'ombra.»

Fermo una vecchietta con i capelli che sembrano una nuvola di zucchero filato, e che ci spedisce un paio di vie più distante.

Finalmente entriamo in un bar. Un paio di ragazzini stanno giocando a biliardino. Le pale di un ventilatore attaccato al soffitto girano pigre senza smuovere un filo d'aria.

«Il bagno, per favore?» chiedo al barista, che senza aprire bocca indica in fondo a destra. Medea si avvia pian piano, lasciando da soli me e Leo.

«Ti va un caffè?» gli chiedo.

«Perché no.»

«Caffè sia.» Ordino al barista silenzioso, e ci sediamo a un tavolino dove c'è il giornale. A quanto pare, nemmeno oggi siamo stati sbattuti in prima pagina.

Appoggio la testa sul tavolino. Sono esausto.

«Stanco anche tu?»

«Morto.»

Il barista ci porta i due caffè. Ma me ne servirebbe una tanica, per poter tirare fino a stasera. Sorseggio la tazzina, mentre mi lascio invadere dalla colonna sonora del bar. Le pale del ventilatore, la pallina che picchia lungo i bordi del biliardino, il tintinnio delle tazzine. Finché non entrano un paio di tizi un po' tamarri, accompagnati da un paio di tipe altrettanto tamarre.

«Smammate.»

Ma che vogliono questi? Poi mi accorgo che ce l'hanno con i ragazzini che stanno giocando a biliardino.

«Aspetta, ci mancano ancora tre palle!»

«Sì, quelle che vi stacchiamo se non vi levate. Dai, spostati!»

I due spingono via i ragazzini, che rimangono per qualche istante a fissarli con odio, uno in particolare. Poi l'altro lo prende per la spalla. «Lasciali perdere, facciamo qualcos'altro.»

«Sì, bravi, andate a fare qualcos'altro, frocetti!» dice uno dei due ragazzi. Le ragazze ridono sguaiatamente. Leo drizza la testa.

Lo guardo. Mi guarda.

Leo alza la mano. «Scusi, ha del succo di mirtillo?» chiede al barista.

È la citazione di una scena di *The Departed*, il film con DiCaprio. Evidentemente questo Leo l'ha visto.

Il tizio si scambia sguardi di scherno con uno di quelli del biliardino. «Vuoi del succo di mirtillo? Te lo devi bere con tua moglie?» chiede ridendo, indicando me.

Leo freme. Vorrebbe esplodere, lo vedo. Ma non lo fa.

«Proprio così» dico io. «Hai qualcosa in contrario?»

Leo strabuzza gli occhi. Quasi quasi strabuzzo gli occhi anche io. Che diavolo mi salta in mente? Poi vedo che l'espressione di Leo, tesa fino a quel momento, si addolcisce, nel suo sguardo leggo una specie di gratitudine, e un incoraggiamento, perché lui è con me. Soprattutto, io sono con lui. E forse, per lui, è una cosa nuova.

«Che schifo, e chi fa la femmina dei due?» interviene uno dei tamarri.

«Penso che dovresti chiederci scusa, sai?» Ora è Leo a parlare. «Nessuno ti ha chiesto di pensare a cosa facciamo noi due. O forse ci hai pensato perché ti piace?»

Ahia. Leo, attento.

«Hey, cosa vorresti dire?»

«Ma niente, figurati. Però gradirei che ci chiedessi scusa» insiste Leo. La sua voce è ferma, ma sento che sta per esplodere.

«Io non chiedo scusa a nessuno. Perché, poi? Per avervi definito per quello che siete?»

«Ma esattamente qual è il tuo problema?» chiedo.

«Nessuno, mi fate semplicemente schifo e siete contro natura.»

«L'unica cosa a fare schifo qui sono le tue scarpe.»

Leo ha una strana tempistica comica, va detto.

«Ma che cosa dice questo stronzo?» Il tizio si allontana dal biliardino e fa due passi verso di noi.

Tocco Leo con una mano. «Senti, quando arriva Medea ci alziamo e ce ne andiamo, va bene?»

Leo tira via la mano. «No. Voglio le scuse di questi due, o non me ne vado da qui.»

Mi avvicino a lui, parlandogli sottovoce. «Senti, questi due non mi sembrano portati al ragionamento, non ammetteranno mai di essersi sbagliati. Credo che non siano abituati a risolvere certe cose a parole.»

«E come le risolvono? A botte? Con la clava? A pallonate?»

Ma certo. Leo, che idea che mi hai dato. «Va bene. Che ne dite di una sfida?»

I tamarri si guardano. Vedo i loro cervelli tribali che, all'idea di "sfida", si mettono in moto, spinti dall'eccesso di testosterone che gli circola in corpo. «Che sfida?»

«A biliardino. Se vinciamo noi, dovrete chiederci scusa. E dovrete bere tutti del succo di mirtillo.»

Il tamarro scoppia a ridere. «Non vincerete mai!»

Dal fondo del corridoio arriva Medea, si è ripresa. Guarda con una sorta di vago disgusto i due tamarri e le loro due accompagnatrici, poi ci raggiunge.

«Che sta succedendo?»

«Questi due ci hanno dato dei frocetti» dico. «E io e Leo non tolleriamo che ci si chiami così.»

Medea quasi fa un salto indietro, ma con una rapida alzata di sopracciglia cerco di farle capire di stare al gioco.

«Sì, quindi Giulio ha avuto la magnifica idea di sfidarli a biliardino per costringerli a chiedere scusa» dice Leo. «Che idea del cazzo.»

«Perché?»

«Sono una pippa a biliardino, io!»

Ah. Effettivamente questo non lo avevo considerato. «Okay, senti. Io gioco in difesa. Tu stai in attacco e buttala in su. Quando la palla ce l'ho io, alza gli omini. Quando ce l'hanno loro, tienili bassi e rompigli le palle quanto più possibile.»

«Hey, ma lei sta con voi? Non hai vergogna?» dice uno dei due tamarri a Medea. E lei, in tutta risposta, alza il dito medio.

Una delle due ragazze tamarre lancia un'occhiataccia a quello che deve essere il suo tipo, o qualcosa del genere (devono avere una relazione fluida anche loro, in fondo). «Certo, solo perché va in giro vestita come una zoccola, altrimenti chi la guarderebbe?»

Ahia. Male, male. Medea le lancia un'occhiataccia, poi abbassa lo sguardo. «O li massacrate con 'sto biliardino, o io massacro voi» ci dice.

Il messaggio è chiaro.

«Dai, Leo. Io credo in te.»

«Anche io credo in te, ma molto meno in me.»

Mi scrocchio le dita e afferro le sbarre del biliardino, facendole rullare un paio di volte.

«Niente rullate» dico ai due tamarri, che si sono posizionati, un po' ingobbiti sul campo di gioco.

«Leo, mi raccomando. Grinta.»

Speriamo non finisca come Italia-Marocco in *Tre uomini e una gamba.*

Le ragazze si mettono dietro i due lati corti del biliardino per segnare il punteggio. Un classico. Medea se ne sta in disparte, fissando il campo, impassibile.

«La partita la offro io» dico infilando 50 centesimi. Scendono nove palline. Nessuna possibilità di pareggio. O la gloria, o l'infamia.

Leo prende la pallina e ci soffia sopra, poi la batte due volte sul bordo del biliardino, e la lancia contro l'altra sponda.

Non faccio nemmeno in tempo a seguire il movimento della pallina, che dall'attacco avversario arriva un siluro che si insacca all'angolino della nostra porta.

Il tamarro esulta con un ruggito primitivo, sferrando un pugno sulla spalla del suo amico.

«Dai che li spacchiamo, 'sti due.»

Massaggio la spalla di Leo, che mi sembra svuotato di qualsiasi voglia di battersi. «Tranquillo, un colpo di culo. È più comune di quanto pensi.»

Leo lancia una nuova pallina, che rimbalza sulla sponda e finisce tra i piedi della sua linea di centrocampo. Gira convulsamente la stecca, mancando un paio di volte la pallina, poi la colpisce, ma viene bloccata dalla linea di centrocampo avversaria. Leo riesce a colpire la pallina con lo spigolo e a mandarla avanti, verso i suoi due attaccanti. Un movimento maldestro, e rispedisce la pallina indietro. Ora è il tamarro a centrocampo a imbastire il gioco: supera Leo in rapidità, poi ferma la pallina con un suo attaccante, la tira contro la linea di fondo ma non riesco a intercettarla, il suo attaccante sinistro la colpisce al volo. Tiro verso di me la stecca del portiere, d'istinto. È entrata. No. Con il portiere ho bloccato la pallina. Sposto lentamente la pallina a distanza di sicurezza, passandola al mio terzino sinistro e colpendo con tutta la forza che ho. La palla si infrange contro i centrocampisti di Leo.

«Tienili alzati quando tiro io!» gli ripeto, ma è un momento di distrazione fatale, perché qualche istante dopo la pallina è di nuovo dentro la nostra porta. Due a zero.

«Scusa» dice Leo.

«Capita, capita. Non ti preoccupare. Concentrati che recuperiamo, abbiamo ancora sette palline a disposizione!»

Il problema, però, è che a loro bastano altri tre gol per vincere. E, di questo passo, non ci metteranno molto.

La pallina torna in gioco. Leo prova una serie di affondi in avanti, ma il tamarro è ben piazzato con la difesa, e respinge tutti i tiri. La situazione si capovolge dall'altra parte del campo. La fase d'attacco degli avversari diventa un assedio. Ogni volta che riesco a spazzare la pallina via dall'area, si infrange contro i giocatori avversari, e Leo non riesce ad arginare i loro contrattacchi. Poi Leo la tira all'indietro, cogliendomi alla sprovvista. Autogol. Ed è tre a zero.

Leo mi guarda costernato. Medea ci lancia occhiate di fuoco. Poi spinge Leo da parte, e prende il suo posto. «Ci provo io, va bene?»

Leo annuisce, io faccio lo stesso. Peggio di così tanto non può andare.

«Hey, che c'entra lei? La sfida era tra noi quattro!»

«La tua amica mi ha dato della zoccola, se permetti è una questione che mi riguarda. O hai paura di perdere contro una ragazza?»

«Figuriamoci se ho paura di perdere contro una ragazza!» risponde subito uno dei due. «Ancora due gol e ci offrite da bere!»

Ma Medea butta la pallina in campo e nel giro di un secondo tira una sassata che piega indietro il portiere avversario.

«E siamo tre a uno» dice Leo, segnando il punto.

«Ho voluto fare il gentiluomo» dice il tamarro che non è riuscito a fermare il tiro, attirandosi nuovamente lo sguardo rabbioso di una delle due tipe.

Di nuovo la pallina dentro. Il tamarro in attacco sembra più concentrato del suo compagno: vuole chiudere la partita il prima possibile. E non ha intenzione di sottovalutarci. L'ennesimo dei suoi tiri, che non vedo nemmeno partire, si pianta contro il mio portiere, che resiste. La scaglio in avanti. Non è un tiro potentissimo, ma è di quelli che tutti rimangono imbambolati a guardare, soprattutto chi gioca in difesa. Fino a quando la pallina si infila nuovamente in rete.

Siamo tre a due.

«Oh, ti svegli?» dice il tamarro in attacco a quello in difesa. «Fammi andare in porta, va'.»

Lo fanno, e le cose cambiano subito. Un po' perché anche l'altro, ora in attacco, torna a concentrarsi, un po' perché adesso Medea davanti fa molta più fatica. Poi la vedo stringere i denti, e mi ricordo che sta facendo una grandissima partita nonostante sia stata male solo pochi minuti fa.

Dopo una serie di furiosi batti e ribatti, la pallina si incanta sui piedi di un attaccante di Medea. La vedo concentrarsi, la tiene ferma lì, la soppesa. Muove l'omino intorno alla palla, facendo finta di colpirla con lo spigolo salvo fermarsi un attimo prima. Il tamarro ci abbocca, sposta gli omini, difensori e portiere. È a quel punto che Medea fa partire davvero il tiro: un siluro micidiale che lascia di stucco i due tamarri.

«Siamo pari!» esulta Leo.

Ma Medea si piega sul biliardino. «Non sto ancora bene, non ce la faccio. Leo, devi andare tu.»

Leo sbianca. «Ma io...»

«Vai tu, per favore!» dice, pallida come pochi minuti fa in strada.

Leo obbedisce. Non c'è bisogno che gli dica nulla, ci basta uno sguardo. Non è che ci sia in gioco chissà cosa, ma ormai è diventata una questione di orgoglio. Purissimo, autentico orgoglio.

Orgoglio che grida, si contorce e poi quasi si sgonfia, quando i due tamarri vanno sul quattro a tre. Ed è anche colpa mia. Leo ha attaccato, in maniera un po' confusa, come quelli che giocano ai picchiaduro schiacciando tasti a caso, ma nonostante tutta la confusione che ha fatto, quei due sono riusciti ad arrivare in attacco, dove mi hanno cucinato tra una serie di rimpalli e un paio di finte. Portiere da una parte, palla dall'altra.

Sono a un passo dalla vittoria. E noi a un passo dall'umiliazione. Medea sembra più tranquilla, forse il riposo le ha fatto bene.

«Dai» dico a Leo, che esita a lanciare la pallina. La lascia cadere. Palla loro, in attacco. Il primo tiro si stampa contro il fondo, il secondo riesco a controllarlo con un difensore, con la pallina che viene bloccata ripetutamente sotto i miei piedi.

La colpisco di spigolo, la palla rimbalza a zig zag sulle sponde, Leo la butta in avanti col centrocampo, ma la palla è di nuovo loro, in difesa. Leo si piazza davanti al terzino avversario, non si schioda, respinge ogni tentativo di passaggio.

Il tamarro prova un retropassaggio velocissimo, la palla finisce al portiere, che colpisce con forza. Ma Leo tiene gli omini fermi, rigidissimi. La pallina rimbalza contro un attaccante e finisce in porta. Incredibile. Gol.

Sferro un pugno in aria. «Sì!»

Medea salta in piedi. «Dai!»

Leo sorride. Quasi non ci crede.

Tamarro 1 se la prende con Tamarro 2. «Ma che cazzo fai? Ti sei addormentato?» Gli tira uno scappellotto in testa.

Leonardo prende l'ultima pallina. Chi segna vince. Grande classico.

«Hey» gli faccio.

Lui alza il mento.

«Non mi interessa se perdiamo, ma devi mettercela tutta. Va bene? L'importante è che dai il massimo.»

Leo lancia la pallina. A centrocampo si scatena una battaglia. Leo non riesce a prevalere su Tamarro 2, ma Tamarro 2 non riesce a prevalere su Leo.

«Guarda 'sto frocetto...»

Alla mia destra percepisco Leo irrigidirsi, la sua mano stringersi intorno alla manopola della stecca.

E tira.

SBAM.

Il rumore della pallina che sbatte sul fondo della porta avversaria spegne qualsiasi altro suono.

«Sììììì!» grida Medea, mettendosi a saltellare.

«Grande!» grido, gettandomi al collo di Leo, che rimane rigido, ansimante, sbuffando come un vulcano per la rabbia che ha in corpo e che, se potesse, scaricherebbe in altri diecimila tiri in porta.

Sento i tamarri che litigano alle mie spalle, dandosi la colpa l'uno con l'altro.

Medea si butta addosso a me e Leo, ci abbraccia entrambi, ci abbracciamo tutti e tre, saltellando sul posto come se avessimo vinto la Coppa del mondo, e vedo Medea che sorride, e Leo che a poco a poco si ammorbidisce e comincia a ridere come un pazzo, mentre Medea copre di baci entrambi, e io tengo stretta la testa di Leo contro il mio petto, scompigliandogli i capelli neri e dandogli un bacio in testa.

Dopo un po' ci calmiamo. I due tamarri non si guardano nemmeno tra loro.

Leo si erge come una specie di eroe. «Ci dovete delle scuse. Inoltre, succo di mirtillo per tutti, per favore.»

Tamarro 1 è quello che decide di levarsi il dente per primo. Ci tende la mano: «Scusate». Ha gli occhi a terra, non ha il coraggio di guardarci in faccia.

Do un'occhiata a Leo. Lui fa spallucce, come a dire: perché no? Gli stringiamo la mano, a turno.

L'altro invece si guarda intorno come se nulla fosse. Tamarro 1 gli tira uno schiaffo. «Sì, sì. Scusate.»

Il barista porta i succhi di mirtillo.

«E ora bevete» dice Medea.

16

Medea

«E se andassimo in Calabria?»

«In Calabria?» dice Giulio. «E che ci andiamo a fare in Calabria?»

Siamo a Roma, stazione Termini. Intorno a noi sciamano turisti più o meno impazziti con trolley al seguito, alla disperata caccia di binari e coincidenze. Noi invece non abbiamo nessuna fretta, ma disponiamo di una miriade di possibilità. Chissà perché quando non si ha più nulla da perdere ci si sente davvero liberi.

«A trovare Federico?» dico.

Giulio sgrana gli occhi. «Ma sei impazzito? Che cosa le hai raccontato?» chiede a Leo.

«Tutto» risponde Leo.

«Tutto tutto?» chiede Giulio.

«Tutto tutto» ribadisco. «Pensaci, Giulio. Hai l'occasione di liberarti di un peso che ti affligge da tanto tempo. Di chiedere scusa a Federico, di farti perdonare. Di liberarti da tutti quegli incubi. E poi almeno il nostro viaggio avrebbe un senso, no?»

Giulio si passa le mani tra i capelli. «E se non dovesse perdonarmi?»

«Ti perdonerà. E se anche non lo facesse, almeno tu potrai perdonare te stesso. È la cosa che conta di più.»

Giulio sbuffa. «Va bene. Ma...»

«Ma...?»

«Statemi vicini, per favore.»

Una comitiva di suore piccole e paffute passa di fianco a noi. Sono tutte sorridenti e raggianti, e ci rivolgono ampi sorrisi.

«Dove andate di bello, sorelle?» chiede Giulio.

«All'abbazia di Montecassino, lode al Signore!» risponde una suora dalla pelle nera. «Bellissima, è già la seconda volta per me! E voi, ragazzi, ci siete mai andati?»

Ci guardiamo. «Mah, veramente no.»

«Dovete assolutamente! Buone vacanze.»

Giulio guarda il tabellone degli orari dei treni. «E se andassimo anche noi? E poi andiamo a Tropea, da Federico. Che ne dite?»

Perché no? In fondo, siamo liberi.

Pochi minuti dopo siamo sul treno. Lo prendiamo al volo, e ci sediamo. Il viaggio non durerà molto. Usciamo lentamente dalla città, poi prendiamo velocità. Dal corridoio sentiamo arrivare i canti sacri delle suore, accompagnati dalla chitarra.

«Chi l'avrebbe mai detto che saremmo finiti in *Sister Act*?» dice Giulio, che si sta facendo una sorta di cuscino con un maglione. Ha dormito da Attigliano a Roma, dormirà da Roma a Cassino. Chiude gli occhi e, appena dopo, il suo respiro è quello di una persona sprofondata nella fase rem.

Poggio la testa sulla spalla di Leo. Gli accarezzo il braccio.

«Sono un po' stanca.»

«Anch'io.»
«Per il bacio di stamattina...»
«Non so che mi è preso.»
«Ma sono stata io a baciare te.»
«Che dici? Io ho avuto l'impressione che fosse successo il contrario.»
«Quand'è così...»
«... allora eravamo d'accordo...»
«... e nessuno si deve scusare con nessuno.»
«Sì, però è strano. Non capisco, non so cosa provo. Non offenderti, ma penso che sia tutto dovuto a questa strana situazione.»
«Nessuna offesa, tranquilla. Nemmeno io so bene cosa provo. Non... non credo di essere innamorato di te. Credo di... essermi affezionato un po', ecco.»
Gli do un bacio sulla guancia. «Forse è così, sì. È che non ci sono abituata.»
«Nemmeno io, a essere sincero.»
Rimaniamo in silenzio per un attimo. Il finestrino ci restituisce il riflesso dei nostri sguardi. Leo sorride appena. Sorrido anch'io.
«È stato carino oggi Giulio, vero?» chiedo.
«Sì. Non è cattivo, te l'ho detto. È solo molto, troppo impostato. E quindi a volte fa poca attenzione agli altri. Ma non mi aspettavo proprio che arrivasse a fingersi gay per... proteggermi.»
«Sai, sembra la cosa che farebbe un... amico.»
«Sì. Un amico.»
Chissà se un amico gli basta, a Leo. Chissà se sta cominciando a vedere Giulio come qualcosa di più.

«A te piace?» chiede Leo d'un tratto.

«Chi, Giulio?»

«Non dirmi di no. Lo so che ti piace.»

«Non so se siamo abbastanza intimi perché io possa considerarti il mio confidente e raccontarti tutto, sai?» dico scherzando. Poi sospiro. «Non è che non mi piace, mi piace, certo. È bello. Ma… non lo so. Continuo a pensare che era amico di uno che ha tentato di stuprarmi. E che fino a tre giorni fa non faceva altro che prendere in giro, bullizzare… Pensi che possa essere diverso da così?»

«Penso che forse non siamo ciò che siamo, ma ciò che gli altri vogliono. Gli amici di Giulio forse lo volevano così. E lui, per farsi accettare, era disposto a esserlo.»

«Va bene, ma ora lo aiuteremo a tornare in carreggiata.»

«Quella cosa deve tormentarlo davvero.»

«Già.»

Fisso Giulio. È bello, e sembra sereno. Mi addormento con l'odore di Leo nelle narici e le labbra di Giulio negli occhi. Per un attimo, prima di cadere nell'oblio, sono serena come non sono mai stata.

Quando arriviamo a Cassino è troppo tardi per visitare l'abbazia. La osserviamo dal basso, che incombe sul paese, maestosa, e ti viene da pensare chi cavolo ha avuto la voglia di arrampicarsi fin lassù per costruirla. La visiteremo domani, in mattinata. Poi prenderemo il treno che ci porterà in Calabria.

Giulio decide di fermarsi nel primo hotel che a suo dire è abbastanza decente per ospitarci. I soldi sono suoi, quindi decide lui. Anche stavolta, paghiamo una cifra spropositata per comprare il silenzio dell'albergatore. Meno male che Giulio ha così tanti soldi da riempirci un materasso. E non con pezzi da 5 o 10 euro.

«Ragazzi, ma quanto puzziamo?» dice Giulio.

Leo fa per annusarsi l'ascella, ma Giulio scuote la testa. «No, no, sono proprio i vestiti che puzzano ormai. Sono giorni che non ci cambiamo... Che ne dite se andiamo al supermercato e ci compriamo due straccetti da metterci addosso?»

Usciamo di nuovo. Prendiamo una navetta che ci porta al centro commerciale poco fuori dal paese.

«Medea, ti avverto. Non siamo qui per fare shopping» dice Giulio.

«Ti sembro una che perde tempo a fare shopping?»

Entriamo in un grande negozio di abbigliamento. Lascio i ragazzi dirigersi verso il reparto uomo, mentre io comincio a vagare per il reparto donna. Non faccio in tempo a fare due passi che il mio più grande nemico si materializza. Il commesso. In questo caso, la commessa.

«Ciao, posso esserti utile?» mi chiede con un sorriso a 97 denti.

«No, grazie, do un'occhiata.»

In realtà sono in crisi. Non so mai come vestirmi. Se ora sono vestita così, è perché mi ha costretta Yasmine in videochiamata. Passo in rassegna nervosamente i vestiti, le magliette. L'unica cosa che riesco a prendere, però, è un pacco di mutande di cotone.

Mi annoio, così decido di andare a vedere come se la stanno cavando i ragazzi.

«Quindi, fammi capire» dice Giulio, vedendomi arrivare. «Ti vestirai solo con delle mutande?»

Leo ridacchia.

«Cretini. Non so cosa mettermi.»

«Tipico. È un po' spigolosa, ma in fondo rimane pur sempre una ragazza» commenta Giulio dando di gomito a Leo.

«Piuttosto, voi?»

I ragazzi sfoderano una serie di t-shirt con stampe abbastanza anonime.

«Mh. Okay.»

«Hey, idea!» esclama Giulio. «Io e Leo, stilisti per un giorno.»

«Che stai dicendo?»

«Ti vestiamo noi. Che ne dici?»

«Ahah, sì, certo. Siete stati capaci di prendervi solo delle t-shirt improponibili, e vorreste vestire me? Ripensandoci, le mutande non sono male.»

Ora è Leo a dare di gomito a Giulio. «Era tutta una tattica, ammettilo!»

«Leo!» rido. «La vicinanza con questo qui mi sa che comincia a farti male.»

«Chissà, può essere» dice Giulio. «Io gli passo un po' di male, ma lui mi passa un po' di bene.»

Leo e Giulio mi prendono uno per un braccio, uno per l'altro, trascinandomi di nuovo nel reparto donna.

Giulio si mette a valutare i vestiti facendo un po' l'effeminato, ma Leo non se la prende. Anzi, sta al gioco, e lo fa anche lui. «Allora, cara, secondo me sulla nostra Medea potrebbe stare benissimo una camicetta con questi… cazzilli, credo sia il termine tecnico, tutti crespi intorno alla scollatura, che dici?»

«Sai, Giulio, penso che per Medea non guasterebbe un look che tiri fuori un po' della sua femminilità e sensualità, un po' all'Alice in *Resident Evil*.»

«Oh mio Dio, Medea *femme fatale*? Ma com'è che con me non tira mai fuori questo lato così *charmant*?»

«Ma che c'entra la parola *charmant*?» dico, ridendo. «Voi due siete dei pazzi!»

«Senti, piccina, tu ora vai nei camerini e lasci fare a noi due protagonisti del look, va bene?» dice Giulio.

Entro nel camerino, e non riconosco la Medea che vedo allo specchio. Ha uno sguardo luminoso e divertito come forse non capitava dalle elementari. Poco dopo, da sopra la porta mi vengono passati una serie di vestiti.

«Ve lo scordate che mi metto questa gonnellina minuscola!»

Due minuti dopo, esco con indosso la gonnellina minuscola.

«Mmm, troppo ragazzina innocente, non credi?» dice Giulio.

«Sono d'accordo con te» dice Leo. Batte le mani. «Next!»

Torno in camerino, ed è solo il primo dei mille viaggi che mi fanno fare. Mi vestono in qualsiasi modo, mi fanno provare qualsiasi cosa. Jeans, gonne, gonnelline, camicie, camicette, magliette, canottiere, smanicati, di cotone, sintetico, di seta.

«Hey, ma lo sai che forse così è perfetta?» fa Giulio.

«Non sembra nemmeno lei!» dice meravigliato Leo.

«Appunto!»

Stronzi. Ma come mi hanno vestita? Mi hanno stancato talmente tanto che durante gli ultimi cambi non mi sono nemmeno guardata.

«Bene, ora facciamo una cosa» dice Giulio. «Mettiti di fronte allo specchio, e noi saremo i tuoi occhi, per una volta.»

«Ma… cosa…» farfuglio io, confusa.

«Girati e chiudi gli occhi» dice Leo prendendomi per un braccio e posizionandomi davanti allo specchio.

«Chiudi gli occhi!» replica Leo.

«Okay okay, li chiudo!» sento la mano calda di Giulio afferrare la mia.

«Bene, io vedo delle bellissime gambe» dice Giulio spostandomi la mano sulla coscia.

«... Giulio!» urlo io, infastidita.

«Shhh» replica lui.

«Una vita stretta, un ombelico infossato...»

«Senti, continuo io, spostati» fa Leo afferrandomi la mano appena lasciata da Giulio. La sua è un po' più fredda, un piccolo brivido mi corre addosso.

«Io vedo una bellissima ragazza, spensierata, felice. Con gli occhi così profondi da leggerti i pensieri più remoti. A volte cerca risposte in quei pensieri, cerca conferme e approvazioni.» Intanto la sua mano, o meglio la mia, è passata alle braccia. Sento il suo respiro sul collo.

«Ma questa ragazza non ha bisogno di quei pensieri per sentirsi bella» dice Leo portandomi la mano sul petto.

«Aspetta, prima di aprire gli occhi c'è bisogno di un'ultima cosa» fa Giulio.

Sento le mani di Giulio tra i capelli, i suoi occhi fissi nei miei, e Leo più in basso che armeggia con la camicetta.

«Ora puoi aprirli» esclamano insieme, allontanandosi. Ora posso guardarmi.

«Ma...»

Non ci credo. Mi sfugge una risata nervosa, tanto non credo a quello che vedo. Ho un cerchietto rosso tra i capelli, e i lembi della camicetta annodati sopra l'ombelico. Sembro uscita da un film anni Cinquanta. E non mi sono mai piaciuta così tanto.

Ma, cosa più importante, mi sento bene. Bene come non mi sono mai sentita.

«... Wow.»

Giulio e Leo, il braccio dell'uno dietro la schiena dell'altro, e viceversa, si guardano e sorridono, soddisfatti. «Come ti senti?»

Se sono così bella e così felice, perché allora sono sul punto di piangere? Mi getto tra le braccia dei ragazzi.

«... Grazie» è l'unica cosa che riesco a dire prima di buttare la faccia prima contro uno, poi contro l'altro.

Rimango sommersa così per un po', immersa in loro. Poi, dopo essermi ricomposta un attimo, mi tiro indietro, e sorrido di nuovo. E ripeto: «Grazie. Grazie davvero», stringendoli sempre più forte.

«Non respiriamo» fanno entrambi. Li lascio andare, affannati. Ma prima che riescano a riprendere fiato, mi scappa un «Vi voglio bene».

Andiamo verso le casse per pagare. «Hey, fermi! Non penserete di cavarvela così.» Prendo due cappelli bianchi, tipo panama, e li metto in testa a entrambi. «Non siete proprio belli come me, ma di certo ora potete permettervi di passeggiare al mio fianco.»

Giulio e Leo si guardano con un'espressione di ammirazione reciproca. «Niente male, amico mio.»

«Niente male nemmeno tu.»

Paghiamo, usciamo, saliamo sulla navetta che ci riporta in paese. Sta calando la sera. Lo sa anche il mio stomaco.

Appena scendiamo, torniamo in albergo, ci laviamo, ci rivestiamo e andiamo a mangiarci una pizza, su cui ci avventiamo come fossimo lupi. Nulla di cui preoccuparsi, se non fosse che Giulio ha scelto un locale un po' fighetto, e veniamo squadrati come fossimo dei selvaggi.

Poi usciamo, le pance piene. Sazi e felici, nonostante tutto. Non è facile accettare di avere un'accusa di aggressione che pende sulla mia testa. Facciamo due passi, a zonzo. Il cielo estivo è ancora sufficientemente luminoso, troppo per convincerci che sia ora di andare a dormire. Mi piace guardare e riguardare i miei due ragazzi con quei cappelli che ho scelto per loro, mi piace pensare di essere in mezzo a loro due, vestita come loro mi hanno vestita, valorizzata come nessuno era mai riuscito a fare prima, nemmeno Yasmine.

Finché Giulio si ferma di colpo in mezzo alla strada, gli occhi sgranati.

«Giulio, che c'è? Che hai visto?» gli chiedo, cercando una risposta negli occhi di Leo, che però non ne sa nulla.

«No, ragazzi, ma questo è un segno.»

«Ma di che stai parlando?»

Giulio punta il dito. Indica un cartellone. Anzi, una locandina. La locandina di *Gioventù bruciata.* Stasera, in una delle sale cittadine.

«Dobbiamo assolutamente andare a vederlo.»

«Ne sei proprio sicuro? Leo, tu ne hai voglia?»

Leo scrolla le spalle. «Ce li avranno i popcorn?»

17
Leonardo

Non è che sia un grande appassionato di cinema. I veri appassionati di cinema non comprano popcorn, caramelle, Coca-Cola. Al cinema non si mangia, si guardano i film. Come dargli torto? Poche volte in vita mia sono stato guardato così severamente come mi è successo con Giulio e Medea quando ho detto loro che mi avrebbe fatto piacere sgranocchiare qualcosa. Ma in fondo il film loro lo conoscevano già, come avrei potuto rovinarglielo? Ero io a vederlo per la prima volta, e mi avrebbe aiutato guardarlo con qualche chicco di mais esploso tra i denti.

Non c'è moltissima gente, ma ce n'è comunque più di quanta pensassi: chi cavolo verrebbe a vedere un melodrammone di quasi due ore del 1955? Vero che c'è James Dean, però, ecco.

Scendiamo lungo gli scalini che portano alle poltrone. Abbiamo tre posti defilati ma non troppo. Giulio ci fa strada, Medea lo segue, io chiudo la fila. Ci sediamo nello stesso ordine, con Medea in mezzo.

Le luci sono smorzate, ma non spente. Intorno è tutto un

morbido chiacchiericcio. Medea si siede sospirando e allungando le gambe.

«Esiste un momento più bello di quando ci si lascia cadere sulla poltrona di un cinema e si pregusta di vedere un film che adori?» dice sognante.

«Qualche momento più bello mi viene in mente, ma anche quello che dici tu è abbastanza in alto in classifica» dice Giulio con fare malizioso.

«Ohhh, ma possibile che pensi sempre a quello?»

«Medea, sai che vestita così sembri qui apposta per farci calare nell'atmosfera?» dico.

«Oh, sì, peccato che nessuno di voi due sia James Dean.»

«Hey, io un po' James Dean lo sono, dai» dice Giulio, sollevando la parte anteriore della tesa del cappello con il pollice.

Medea ride. «Sì, peccato che il cappello lui ce l'abbia nel *Gigante*, non in *Gioventù bruciata*.»

«No, ma prego, continuate a fare come se io non ci fossi, eh. Scusate se non ho visto tutti i film che avete visto voi e se non posso inserirmi nella conversazione, scusate tanto» protesto.

«Ehhh, ma che permaloso. Di chi sei geloso? Di me o di Medea?» dice Giulio.

«Non sono geloso.»

«E anche permaloso» dice Medea.

«Ah ah ah!»

Ma ecco che si abbassano le luci. Lo schermo sfarfalla e nel buio compare il gigantesco logo della casa cinematografica accompagnato da una musica intensa, quasi fatale. Quattro note e sono già negli anni Cinquanta. Subito dopo, in basso a sinistra nello schermo, una scimmia giocattolo balla su un lurido marciapiede battendo dei piatti. Ecco che arriva James Dean: barcollante, ubriaco fradicio, enorme sullo schermo, si accascia sul marciapiede e allunga la mano verso la scimmia. E poi il titolo: rosso, tutto maiuscolo, a tutto schermo, inclinato, come se stesse scivolando verso chissà quale baratro. *REBEL WITHOUT A CAUSE*: Gioventù bruciata.

Ma il perché c'è, eccome. Ora ci sono Jim, ossia James Dean, Judy e John (Plato!) fermi alla centrale di polizia. Uno è ubriaco, uno ha ammazzato una cucciolata, l'altra ha violato il coprifuoco. E perché? Perché Jim non sopporta più i continui litigi dei genitori, perché Judy è ignorata da suo padre, che le dà della zoccola per come si veste, perché il padre di Plato se n'è andato via quando lui era piccolo, e anche sua madre pensa più ai fatti suoi che a mostrargli un po' di affetto.

Sono sconvolto. Quanti anni sono passati? Sessanta? Settanta? Possibile che sia ancora tutto come prima? Possibile che io, Medea, Giulio e chissà quanti altri ragazzi come noi abbiamo ancora gli stessi identici problemi con i genitori?

«Psss! Leo!»

È Giulio.

«I popcorn!»

Ah, ora li vuole!

Gli allungo il secchiello, lui lo prende, ci fruga dentro come se stesse scavando alla ricerca di chissà cosa, poi lo poggia in grembo a Medea, che ne approfitta e prende una manciata di popcorn anche lei.

Nel frattempo il film va avanti. La scuola va in gita in un osservatorio… dove l'ho già visto? Ma certo, è dove Ryan Gosling porta Emma Stone a ballare in *La La Land*! Qualche film l'ho visto anch'io. Ecco da dove ha preso l'idea il regista! Ora Jim va a partecipare a una gara clandestina di auto. Ma il suo avversario, quello che lo bulleggiava a scuola, muore. E Judy, che era amica del bullo, viene abbandonata da tutta la gang. Meno male che c'è Jim a darle un passaggio, insieme a Plato. Plato stravede per Jim. Per lui è un mito.

Ed eccoli, si innamorano. Jim e Judy, intendo. E si giurano che non torneranno mai a casa, dopo tutte le cose che sono successe.

Non torneranno mai a casa, dopo tutte le cose che sono successe. Wow.

Infilo la mano tra i popcorn. Ne sono rimasti ben pochi. Un'altra mano mi sfiora dall'alto. Le sue dita si intrecciano alle mie, mi intrappolano in una stretta da cui non riesco a fuggire. Distolgo lo sguardo dallo schermo e guardo alla mia destra: Giulio mi sorride nel buio, divertito. Medea si volta verso di me, mi guarda e infila la sua mano nel sacchetto. Afferra la mia mano, la tira fuori e me la poggia sul bracciolo, poi fa lo stesso con la mano di Giulio. Le stringe entrambe.

Nel frattempo, sullo schermo, Jim, Judy e Plato sono dentro una vecchia villa. Jim e Judy sono più innamorati che mai. E Plato, che è in fuga perché ha ammazzato uno dei bulli che lo minacciava fisicamente, vuole bene a tutti e due.

Questa storia è sempre più simile alla nostra. A tratti sono inquietato. Ma loro tre, come se il mondo fuori non esistesse, insieme forse stanno bene come non sono mai stati in vita loro. Medea prende la mia mano, se la porta in grembo. Poi poggia la mano di Giulio sulla mia, unisce le sue alle nostre. E le stringe forte, mentre sullo schermo si consuma il dramma: Plato esce dal suo rifugio con la pistola scarica, ma la polizia non lo sa. La polizia spara, le mani di Medea si serrano sulle nostre, Plato viene ucciso.

Quando le luci si accendono sui titoli di coda, mi accorgo che il mio viso è bagnato di lacrime. Maledetti film anni Cinquanta.

Non ci guardiamo, non ci parliamo. Sul palco sale una signora con capelli ricci e occhiali, con in mano un microfono.

Ah già, ora c'è la discussione, il dibattito, come nella migliore tradizione dei cineforum. La signora picchietta il microfono con le dita, poi si schiarisce la voce. «Un attimo di attenzione, prego. Prima di procedere con la consueta discussione, ci è stato comunicato dal comando locale dei Carabinieri di dare un avviso.»

La presa di Medea si allenta, la mano di Giulio è come se si sgonfiasse tra le mie dita.

«Le forze dell'ordine sono sulle tracce di tre adolescenti, intorno ai 18 anni, due maschi e una femmina. Secondo alcune voci, potrebbero trovarsi in uno dei comuni del circondario, se non qui a Cassino. Non sono del posto, quindi se notate tre individui dal volto poco noto, o dal comportamento sospetto, siete pregati di informare il comando. Per nessun motivo, per ragioni di sicurezza, avvicinatevi ai tre ragazzi. Limitatevi a informare i Carabinieri o la Polizia. Vi ringrazio. E ora passiamo al film.»

Il nodo delle nostre tre mani si scioglie. Ci acquattiamo il più possibile, appiattendoci contro le poltrone, tutt'a un tratto invidiamo le proprietà mimetiche dei camaleonti. Lo so, lo so. Anche Medea e Giulio la pensano come me, ne sono sicuro.

Ci guardiamo. Siamo spaventati, tutti e tre. Ora le cose si fanno serie davvero. Ci cercano. E sanno che siamo qui.

Giulio fa cenno a me e Medea di andarcene. Indica se stesso, poi ci fa cenno di aspettare. Quindi indica Medea, e indica a me di aspettare. Ho capito, non dobbiamo uscire tutti insieme. Daremmo troppo nell'occhio, ci beccherebbero subito.

Giulio si sfila lentamente scivolando tra le due file di poltrone non appena dal pubblico arriva una domanda che dirotta l'attenzione di tutti dalla parte opposta della sala. Giulio è silenziosissimo, complice la moquette che ricopre il pavimento e l'insonorizzazione della sala. Medea sembra paralizzata dalla paura. Ma deve essere lei la prossima: non possiamo lasciarla indietro, e anche volendo, dalla mia parte, la fila è occupata. Qualcuno mi vedrebbe. Le prendo la mano, gliela stringo forte, le do un bacio sulla fronte. «Vai» le mimo con le labbra, nel modo più dolce e incoraggiante possibile.

Ora gli occhi di Medea sono grandi come quelli di un cerbiatto spaventato, paralizzato di fronte ai fari del camion che lo investirà di lì a poco.

«Vai.» Stavolta sussurro, sibilo, sono quasi piccato. Mi dispiace, ma devo smuoverla. Medea annuisce, si guarda attorno due o tre volte. Poi poggia le mani sui braccioli, come per darsi la spinta, e si alza. Se ne va. Nessuno sembra filarsela troppo, anche se è vestita in maniera abbastanza sgargiante. Insomma, si fa notare. Non ci avevamo pensato, quando ci siamo divertiti a fare i suoi stylist.

E ora tocca a me. Sono solo, in questo momento. Non so perché, ma a un certo punto comincio a sentire tutti gli occhi della sala puntati su di me. Come se tutti sapessero, come se tutti giudicassero.

Inspiro. Qualcuno alle mie spalle tossisce. Sento il cuore pulsarmi fin dentro le orecchie. Mi alzo. Me ne vado a passi svelti, senza voltarmi indietro.

Nemmeno mi rendo conto di essere sbucato all'aperto, all'aria fresca della sera, sotto il cielo ormai buio e i lampioni di una città che ci dà la caccia.

Giulio e Medea sono in piedi, abbracciati. Giulio avvolge Medea come a proteggerla e ripararla. Le sussurra qualcosa all'orecchio, per tranquillizzarla. Li raggiungo e mi unisco all'abbraccio. Medea è stretta tra noi. E chi se ne importa se qualcuno dei passanti se ne accorge, se ci guardano storto, se pensano che siamo gay, etero, asessuali, pansessuali, confusi, poliamorosi o quello che volete.

Ora siamo solo noi tre, e del resto non ce ne importa più nulla.

18
Medea

Mi sveglio tra Giulio e Leonardo. Abbiamo dormito tutti e tre assieme, rannicchiati come piccoli cuccioli spaventati strappati alla propria famiglia. Ma ci siamo strappati volutamente; oppure è tutto successo a causa degli eventi piccoli e grandi che, accumulandosi, ci hanno spinto qui, e solo adesso ci siamo accorti, mi sono accorta che forse non sono stata io a dare una direzione alla mia vita, ma è stata la vita stessa a condurmi qui.

Libero arbitrio, non è vero che esisti.

Eppure fuori il sole del mattino splende ancora e splenderà per chissà quanti giorni a venire, e io sono tra due persone a cui comincio a voler bene come a forse nessun altro ne ho voluto. Forse nemmeno a Yasmine. E non ho nemmeno voglia di pensare se è affetto, amore, infatuazione: sto bene con loro, questo mi basta.

«Quindi che si fa?» La voce di Leonardo è impastata di sonno.

«Andiamo avanti» dice Giulio, senza aprire gli occhi. «Sapevamo che era questione di tempo, no? E allora facciamo come se nulla fosse. Come se non fossimo nemmeno in fuga, come se stessimo semplicemente seguendo le tappe del nostro on the road. Che ne dite? Medea?»

«Non lo so. Non so se riuscirò davvero a godermi i prossimi giorni, sapendo che abbiamo il fiato sul collo. Dico prossimi giorni, ma potrebbero essere le prossime ore.»

«Quello che non capisco è come ci hanno trovato. Siamo ricercati, siamo… siamo latitanti! Come i mafiosi!»

«Non siamo dei mafiosi, dai. Pensiamo a godercela, okay? Viviamola fino in fondo. Noi tre, da soli. Come ieri sera al cinema.»

Sospiro. «Non credo di averne molta voglia. Ma in fondo, se devo rischiare la galera o chissà cosa, meglio domani che oggi. Dove andiamo?»

«Il programma non cambia» dice Giulio. «Ora saliamo all'abbazia, nel pomeriggio puntiamo verso la Calabria. Va bene?»

«Per me okay» fa subito Leo.

«Affare fatto» chiude i giochi Giulio.

Sorrido, poi mi getto tra le braccia di Giulio. Ma è la mano di Leo ad accarezzarmi i capelli. Mi giro, gli sfioro il viso.

Due ore più tardi siamo vestiti, colazionati, in cima al monte dell'abbazia. È stupenda. Non ci sono moltissimi turisti. Come ha detto Giulio, è anche un buon posto per nascondersi. Ragazzi e ragazze fuori zona qui ce ne sono per forza, non siamo gli unici. Chissà se hanno diffuso delle nostre foto, o un identikit; di solito lo fanno, no?

Ma ha ragione Giulio. Non dobbiamo preoccuparcene troppo. Nessuno di noi si sente davvero colpevole per quello che è successo. Vogliamo solo affrontare le conseguenze il più tardi possibile.

Chiudo gli occhi e inspiro. Cerco di concentrarmi sul sole caldo che mi bacia la pelle. Quando riaprirò gli occhi, studierò ogni pietra dell'abbazia, mi perderò nella bellezza della sua architettura. E di tanto in tanto cercherò di ricordarmi che non sono sola, ma che ci sono Giulio e Leo al mio fianco.

Entriamo nel chiostro del Bramante. La sua bellezza mi sconvolge, e cancella qualsiasi altro pensiero. Penso che l'arte, l'arte vera, quella che è bella e ti colpisce al primo sguardo, abbia il potere di guarirti. E io ora, senza nemmeno sapere bene di che cosa sto soffrendo, mi sento guarita. La cisterna al centro, in mezzo alle due colonne, in mezzo a quella distesa quasi abbagliante, dà un senso di equilibrio al tutto, come un punto fermo al quale aggrapparsi con lo sguardo. Perché se non ci fosse quella cisterna, lì in mezzo, lo sguardo delle due grandi statue di San Benedetto e Santa Scolastica sarebbe quasi insopportabile. Camminiamo verso il balcone in fondo al chiostro; affacciandomi vedo tutta la valle circostante, e la distesa del cimitero polacco. E pensando a tutte le vite che si sono incrociate lì, e che sono morte lì, in quest'area, mi accorgo che la nostra storia, quella mia, di Giulio, di Leo, è una storia piccolissima, quasi minuscola. Eppure, per noi, è tutto ciò che conta. Ci rende egoisti? Forse. Ma, per me, ci rende soprattutto umani. Tre umani aggrappati l'uno all'altro, perché solo fra noi tre siamo riusciti a trovare un senso alla nostra vita, nel momento stesso in cui la vita sembrava aver deragliato per sempre dal regolare scorrere degli eventi.

«Un bacio per i tuoi pensieri» dice Giulio parandosi di fronte ai miei occhi.

«Tienitelo pure, il tuo bacio. Io mi tengo i miei pensieri» rispondo.

Giulio finge ammirazione. «L'hai detto con un tono molto sacrale, sai? Secondo me saresti stata un'ottima badessa.»

«Non so perché, ma la figura della badessa mi è sempre stata antipatica. Forse perché nei libri è sempre una vecchia suora bacchettona. Credo che sarei stata un'ottima candidata al rogo in qualità di strega, invece.»

«Non dirlo a voce troppo alta, allora, che di questi tempi non si sa mai.»

Dopo aver ammirato il chiostro, giungiamo di fronte alla chiesa dell'abbazia. Bianca, stagliata contro il cielo azzurro. Due colori così netti e distinti che quasi fanno perdere il senso di tridimensionalità, come se fossimo di fronte a uno sfondo disegnato oltre il quale finisce il mondo. Entriamo nella chiesa. L'aria è fresca, ovviamente, e tutto si rincorre di sussurri. Da qualche parte proviene un canto gregoriano.

«Bello, vero?» dice Leo.

«Molto» rispondo.

«Domanda da un milione di dollari» dice Giulio. «Credete in Dio?»

Leo fa spallucce. «Diciamo che mi è indifferente.»

«Credo che la cosa sia reciproca» risponde Giulio, ridendo. «E tu, Medea?»

Da piccola ci credevo, eccome. Quale bambino non ci crederebbe, tra preghierine, ora di religione, catechismo, presepi e crocefissi in classe? Ma poi, crescendo, le cose cambiano. Non sempre, ma spesso. Con me sono cambiate. E a un certo punto, forse tra la terza media e la prima superiore, mi sono convinta che Dio non esiste. O che, se esiste, probabilmente se ne sbatte di noi.

«La mia amica Yasmine dice che sono agnostica. Basta per vincere il milione di dollari? Ah, lei è musulmana. E tu, Giulio?»

«Io cosa?»

«Ci credi, a Dio?»

«Mah, ci credo... diciamo che ci spero. Quello che non mi convince è...» Con l'indice alzato traccia un cerchio invisibile tutto attorno, come ad abbracciare la cattedrale. «Mi piacciono tutte queste sculture e opere d'arte, quello che mi lascia perplesso è la certezza che le cose stiano in un certo modo, che certe cose siano giuste e altre sbagliate.»

«Credo che si chiami fede» rispondo.

«Sì, fede, chiamala come vuoi. Ecco, guardate là.» Con lo sguardo Giulio indica il più classico dei confessionali, a forma di cabina di legno, con le tendine volte a nascondere l'identità dei peccatori. E, con ogni probabilità, una grata all'interno per separare confessore e peccatore. «Basta raccontare quello che ho fatto e pentirmi per cancellare tutto? Per essere perdonato? Il male che uno ha fatto, dove va finire? Svanisce così, per incanto?»

Restiamo in silenzio.

All'improvviso mi giro verso di loro. «Mi è venuta un'idea. Usciamo.»

Mi seguono fuori. La luce, dopo la penombra dell'interno, ci ferisce gli occhi.

«Confessiamoci» dico.

Leo e Giulio si guardano con un misto di curiosità e preoccupazione.

«Cioè... Tu vorresti confessare noi due?» chiede Leo.

«E infliggervi delle punizioni che non dimenticherete!»

Giulio deglutisce a forza. Poi sorride.

Anche Leo si apre in un sorriso.

È fatta.

Mi avvicino piano a una panchina sul sagrato.

Giulio trascina Leo, vuole che sia lui a cominciare.

Leo scuote la testa. Non ci può credere.

«Pari o dispari» propone a Giulio.

«Dispari» fa Giulio, ed entrambi buttano un due.

Leo sorride compiaciuto. Giulio si dirige verso di me senza troppa convinzione e si siede al mio fianco, senza guardarmi, gli occhi fissi all'orizzonte.

Appoggia le mani sulle ginocchia. Io imposto la voce in modalità tenore.

«Mi dica, figliolo, che cosa vuole confessare?»

«Confesso che ho peccato.»

«Dio ti assolva. Ma come hai peccato, figliolo?»

Giulio si sporge in avanti. Sento il suo alito caldo e il suo odore, che ormai conosco fin troppo bene.

«Ho incontrato una ragazza bellissima, una di quelle che ti fanno mancare il respiro.»

Stringo i pugni. Lo lascio parlare.

«È successo qualche sera fa, durante una festa che, anche se non lo sapevo, avrebbe cambiato per sempre la mia vita.»

«Continua, figliolo» riesco a malapena a sussurrare.

«Da quando l'ho vista, non faccio altro che pensare a lei... e in quei pensieri non è mai vestita. Non so se può capirmi...»

«S... no. Continua.»

«La scorsa notte ho dormito accanto a lei, e lei non lo sapeva... E il fatto che non lo sapesse rendeva tutto ancora più bello...»

«Credo di aver capito. E dimmi, figliolo, sei sicuro di quello che dici? O forse le tue parole sono mosse soltanto da… un desiderio carnale una volta soddisfatto il quale…»

«Il mio desiderio è puro, padre. Ma non è tutto.»

«Va bene. Continua pure» sussurro, cercando di trattenere le mie mani.

«La scorsa notte, come le dicevo, ho dormito alle sue spalle. Non so se…»

«Continua.»

«Sentivo il suo corpo vicino, il suo profumo… Ma nella mia testa non c'era solo lei.»

«…»

«Con un occhio, ogni tanto, guardavo un ragazzo, che dormiva al freddo in balcone perché io stesso lo avevo chiuso fuori. Sapevo che gli stavo facendo del male, ma non potevo evitarlo. Anche se dentro mi sentivo morire…»

«Ho capito.»

«La verità è che avrei voluto che anche lui fosse con noi, su quel letto.»

«Questo, figliolo, ti costerà almeno mille Ave Marie…»

«Immaginavo, Padre.»

«… e un succo di mirtillo.»

Giulio ride. Lo vedo che non è tranquillo, ma la sua espressione sembra più rilassata.

«Padre, il mio animo è macchiato dal mio passato. Non voglio ripetere quegli errori.»

«Laveremo insieme quella macchia, figliolo.»

«Crede sia succo di mirtillo, quella macchia?»

«Lo è, figliolo. Lo è. Mi dica ora un milione di Atti di dolore per tutto quello che ha pensato la notte scorsa e se ne vada, la sua anima è salva.»

Restiamo in silenzio. Non so quanto a lungo. Abbiamo parlato come fosse uno scherzo, eppure sappiamo bene entrambi che c'era più verità in quelle parole che in tutte quelle che ci eravamo detti finora.

«Ti succo di mirtillo, Medea» mi dice, serissimo. La voce è un po' incrinata.

«Ti succo di mirtillo anch'io, Giulio.» E sento dentro di me di aver messo le cose a posto. Di aver dato un nome a un sentimento che un nome non ce l'ha. Di aver trovato un modo per descrivere quello che ci sta succedendo, quello che sentiamo, la nostra libertà, la gratitudine per esserci trovati.

Giulio si alza e si avvia verso Leo.

«Ti succo di mirtillo» sento che gli dice. E Leo rimane sorpreso per un attimo, un solo istante, prima di aprirsi in un sorriso che non gli avevo mai visto.

Lo guarda. Poi si volta verso di me e si avvicina lentamente.

«Vi succo di mirtillo anch'io. Entrambi. Tantissimo.»

19

Giulio

Troviamo tre posti liberi e ci sediamo.

«Sono davvero stanca, ragazzi» dice Medea, rannicchiata contro Leo. Le sfioro le gambe con la punta delle dita, avanti e indietro. Dice che la rilassa.

Leo, invece, sembra in pace nel mondo. Credo gli interessi solo stare a stretto contatto con Medea.

E con me.

L'altra sera, durante il film, quando abbiamo tenuto le mani strette tutte e tre assieme, mi è piaciuto. E mi è piaciuto che ci fosse anche la mano di Leo. È magra e un po' spigolosa, certo, ma la sua presa mi ha trasmesso qualcosa che… non so. È una cosa che mi spaventa. È una cosa che mi riporta al mio passato. Mi spaventa. E mi piace.

In fondo al corridoio vedo arrivare un tizio. Un signore di una certa età, diciamo intorno ai sessant'anni. Osserva la nostra timida ammucchiata, ma non fa una piega e si siede davanti a noi, sfoderando un sorriso di circostanza. Medea raccoglie le gambe, come chiudendosi a riccio.

«Buongiorno ragazzi!» dice il tizio. «Dove andate di bello?»

Leonardo risponde prima che possa dirgli di stare zitto. «A trovare un amico.» La mia occhiata lo gela.

«Ah, bene, beata gioventù.»

Annuiamo, con dei sorrisi tirati. L'unico modo per evitare una conversazione, è mostrarsi meno loquaci possibile.

«Io ora mi leggo il giornale, ma se vi vanno due chiacchiere disturbatemi pure, okay?»

Certo, come no. Magari ci scambiamo anche i numeri di telefono, così poi facciamo due chiacchiere su WhatsApp.

Il tizio tira fuori il giornale dalla sua sacca da viaggio, o meglio, da una specie di borsone sportivo, e comincia a leggere. Scende il silenzio, scandito solo dal fruscio più o meno costante delle pagine. Si lecca il dito, sfoglia, piega, legge, ripete.

Ogni tanto ci guarda. Ma tutto quel silenzio, il caldo, il ritmico cullare del treno... la mia testa comincia a ciondolare. Alla mia sinistra, Leo e Medea hanno già chiuso gli occhi.

Mi addormento e mi risveglio subito. Mi riaddormento di nuovo. Colpi di sonno. Ma non voglio abbandonarmi. Devo ricordarmi che ci stanno seguendo...

Il mondo sparisce per un istante, o forse per ben più tempo. Schiudo una palpebra, appena appena. Davanti a noi, il tizio ci scruta da sopra il giornale. Guarda il giornale e poi guarda noi. Sgrana gli occhi. Si stringe il giornale al petto, come per proteggersi, incredulo. Mette lentamente il giornale nel borsone. Poi inspira e si alza. Guardo fuori dal finestrino. Siamo praticamente alla stazione di Napoli, il treno sta rallentando per fermarsi.

Con lo sguardo seguo l'uomo che si incammina lungo il corridoio, andando verso il capotreno. Confabulano, l'uomo indica dalla nostra parte. Merda, deve averci riconosciuti.

«Ragazzi ragazzi ragazzi» dico scuotendoli.

«Mmm, che c'è?» dice Medea, stordita dal sonno.

Il treno frena, si ferma dolcemente. «Prendete gli zaini e correte dietro di me, presto!»

«Cosa?» fa Leo, che a malapena si ricorda come si chiama.

«Svelti!»

Scatto in piedi. Apriamo le porte del vagone e scendiamo, mentre il capotreno ci viene dietro fischiando a più non posso. Corriamo sulla banchina, urtando cose e persone, rovesciando bagagli.

Vedo un denso gruppo di turisti. «Là in mezzo!» grido. Ci mescoliamo alla folla, smettiamo di correre, e ci lasciamo trasportare dal flusso delle persone.

Pochi minuti e siamo all'aperto, nella piazza di fronte alla stazione. Tutto intorno a noi ronza il traffico cittadino.

«Che è successo?» dice Leo.

«Sì, che ti è saltato in mente?» incalza Medea.

«Il tizio di fronte a noi ci aveva riconosciuto… »

«Merda» dice Leo, che ancora annaspa per la corsa. «Meno male che non ha fatto in tempo ad avvertire la polizia. A quest'ora eravamo in manette.»

«Già.»

E ora che si fa? Trovare un hotel? Direi che oramai non è più una scelta possibile. All'orizzonte, il sole ha già cominciato il suo cammino discendente verso il mare.

«Giulio, ma dov'è il tuo zaino?»

Oh merda. Incrocio le mani sul petto, come ad abbracciarmi per toccarmi la schiena. Niente zaino.

Chiudo gli occhi, getto la testa all'indietro. «L'ho dimenticato sul treno. Cazzo!»

«È un problema? Cioè, è un grosso problema?»

Sbuffo. Devo pensare. Che cosa ci ho lasciato, là dentro? Be', tutto. Soldi, carta d'identità, carta di credito, vestiti, qualcosa da mangiare...

«Tanto, oramai.»

Sento le spalle che si afflosciano. Comincio a essere stanco. Comincio a chiedermi perché sono partito. Comincio ad avere un sospetto. Comincio a pensarci su.

«Facciamo due passi?»

Non ero mai stato a Napoli, ma non credo che mi ricorderò qualcosa. Troppi pensieri, troppe preoccupazioni. Sento fiumi di persone che mi sciamano a fianco lungo le vie che si aprono e si restringono, popolate di negozi, artisti di strada.

Ci trasciniamo così, stanchi, senza meta.

«Mi chiedo quante ore di libertà ci restino...» dice Medea, preoccupata. «Facciamo una cosa, Giulio: andiamo al più presto in Calabria, da Federico. Devi vederlo. Subito.»

«Grazie» dico io, solo grazie. È uno dei gesti più belli che qualcuno abbia mai fatto per me, e la cosa mi galvanizza. «E se stanotte dormissimo in spiaggia?» mi viene allora da dire. Anche perché, in effetti, non abbiamo più molte alternative.

Medea non sembra convinta. «Qui a Napoli? Non so se ci sono spiagge, proprio qui in città...»

Noto che Leo sta ruminando qualche pensiero. Come al solito, se lo tiene dentro invece di buttarlo fuori.

«Leo, dicci. Lo sappiamo che in quella testolina frulla qualcosa.»

Leo sorride, un po' imbarazzato. «Okay. Stavo pensando... è vero che forse è un po' tardi, ma non troppo lontano da qui c'è Amalfi. Un lido deserto o poco sorvegliato lo troveremo, no?»

Qualche ora dopo siamo sulla spiaggia, riparati sotto una sporgenza di roccia che dovrebbe proteggerci da pioggia, vento e, soprattutto, sguardi indiscreti. Davanti a noi si estende la massa buia del mare di notte, illuminato dalla luna. Alle nostre spalle, le scogliere a picco sul mare. È tardi, siamo stanchi, ma con la pancia piena. È stata Medea a offrirci due pizze a testa. Forse la cena che mi sono gustato di più in vita mia. E paradossalmente quella che mi sono gustato di meno. Non riesco a pensare che domani saremo a Tropea. E che, forse, riuscirò davvero a ritrovare Federico. A chiedergli scusa per quello che ho fatto. Inutile negare che la cosa mi emoziona.

Medea mi posa le mani sul collo. I suoi movimenti sono dolci e decisi. «Stai tranquillo, Giulio. Vedrai che andrà tutto bene».

La ringrazio stringendole una mano.

«Sì, Giulio. È normale che tu sia agitato, ma stai facendo la cosa giusta. Tu sai quanto sei cambiato. Io e Medea lo sappiamo. E non è da tutti riconoscere i propri sbagli, chiedere scusa per il dolore che si è inferto. È la cosa più difficile da fare.»

Sospiro. «E se non mi perdonasse? Non so se sarei in grado di sopportarlo. Come potrei vivere tranquillo, dopo?»

Leo si siede di fianco a me. Mi prende la mano, mi massaggia il palmo e le dita. «Ci sarà sempre un piccolo peso che ti porterai dietro. Ma non per forza sarà una cosa negativa. Forse quel piccolo peso ti aiuterà a meditare sulle tue azioni. Da quella cattiva azione sta nascendo un Giulio migliore. Certo, ce ne hai messo di tempo!»

Ridiamo tutti e tre insieme.

«Che ne sarà di noi, dopo tutto questo?»

«Io finirò in galera» dice Medea.

«Non dire idiozie. Io e Leo sappiamo come sono andate le

cose. Lo diremo a tutti. Sono disposto a giurare il falso, sono disposto a dire che sono stato io da solo a sbatterlo giù. Che voi eravate già scappati.»

Medea sgrana gli occhi. «Giulio… non è giusto. Lo faresti davvero?»

È indecisa, lo vedo. Da una parte vorrebbe che lo facessi, dimostrandole i miei sentimenti nei loro confronti. Vorrebbe avere una prova, folle, tangibile, che quello che ci è successo non è un sogno.

«Una cosa alla volta, ragazzi» dice Leo. «Ora concentriamoci su domani. Sappiamo dove vive Federico, ma non sarà facile trovarlo. Non è nemmeno detto che sia in zona, magari è partito per le vacanze, chi lo sa. E Tropea non è proprio una località con un pugno di abitanti. In questo periodo, poi.»

Già. Sto dando per scontato che domani incontrerò Federico, ma forse è più probabile che finisca tutto con un clamoroso buco nell'acqua. Guardo Leo, penso a Medea, ancora dietro di me, le mani sul mio collo. E capisco che, comunque vada, questo viaggio non è stato un fallimento. Non può esserlo, con due persone così al proprio fianco.

«Ragazzi, vi sembrerà strano detto da me, ma vi sento un po' mosci. Che ne dite di lavare via le nostre preoccupazioni?»

«In che senso?» chiede Leo.

«Bagno di mezzanotte. Anche se ormai credo che la mezzanotte sia passata. Tanto fa caldo.»

«Ma non abbiamo il costume!» protesta Leo.

Le mani di Medea si allontanano dal mio collo. Sento dei fruscii dietro di me.

«Medea, ma che fai?»

«A te cosa sembra?»

Mi volto. Medea si è tolta camicia e pantaloni. Mi guarda e sorride, baciata dalla luce della luna.

«Chiudi la bocca, Giulio» dice Medea, poi si mette a correre verso il mare, una sagoma blu dai contorni argento. Presto, troppo presto, si scioglie nel mare nero. Sento i suoi gridolini e i suoi "brrr". «È fredda!» grida. «Però si scalda subito! Venite o no?»

Mi alzo in piedi, levandomi maglietta e jeans. Rabbrividisco per un attimo.

Mi volto a guardare Leo. Che ha lo sguardo fisso a terra. «Tu non vieni?»

«Arrivo subito. Tu vai pure in acqua.»

Mi viene da ridere. Ora fa il timido.

Inspiro, prendo la rincorsa e mi lancio in acqua, a bomba, sollevando un sacco di schizzi intorno a Medea.

«Ma sei pazzo!» grida lei.

Saltello nell'acqua, per scaldarmi il più in fretta possibile, mentre Medea comincia a schizzarmi addosso quanta più acqua possibile.

«Ah, è così?» dico, cercando di ripararmi. Mi getto in avanti verso di lei, mi immergo. Non vedo nulla, è troppo buio e ho gli occhi chiusi, ma mi basta allungare le braccia in avanti per incontrare le sue gambe, afferrarle e trascinarmela dietro appena riemergo.

«Ah, no, che fai, fermo!» strilla ridendo e battendo i pugni in acqua.

La libero e ridiamo, mentre lei mi scarica addosso altri schizzi. Ci fermiamo, prendiamo fiato. Guardiamo verso la spiaggia.

Leo è seduto che ci osserva, ancora vestito. «Dai, Leo! Che aspetti?»

Si guarda attorno, incerto. Poi si alza, si spoglia piano e si precipita in acqua, correndo un po' ingobbito come se volesse nascondersi.

Lo accogliamo con la consueta pioggia di schizzi.

È tutto così bello. Mi sento libero, leggero, dopo un po' anche Leo sembra mettersi a suo agio e comincia a scherzare con me e con Medea. Ci spingiamo, ci gettiamo acqua addosso, solleviamo Medea e la lanciamo in acqua.

E poi, piano piano, mentre la temperatura corporea comincia a calare e l'acqua a farsi più fredda, ci facciamo più vicini.

Ci appoggiamo l'uno agli altri. Medea accarezza il mio viso e quello di Leo. In acqua, Leo afferra la mia mano e la stringe, e io stringo lui.

«Vi succo di mirtillo» diciamo, quasi all'unisono. Ridiamo imbarazzati, felici.

«Andiamo a riva?» sussurra Medea. Io e Leo annuiamo, muti. Medea si mette a cavalcioni sulla mia schiena. Sento la sua pelle sulla mia. Leo continua a tenermi per mano. Avanziamo così nell'acqua, lentamente, un passo alla volta, mentre tutto quello che rimane del mondo è il rumore della risacca e il luccichio lunare.

Medea si stende sugli asciugamani. Ci prende per mano e ci trae a sé. Ci sdraiamo di fianco a lei.

Medea guida le nostre mani, le porta su di sé. Il suo cuore batte forte. Poi guida la mia mano sul petto di Leo. Anche il suo cuore batte forte. Infine mette la mano di Leo sul mio petto. La punta delle sue dita mi sfiora. E anche il mio cuore batte forte, mentre le onde del mare rincorrono i nostri sospiri fino all'orizzonte. Dove cade il cielo.

20
Leonardo

«Come stai?» chiedo a Giulio. Il treno sta entrando nella stazione di Tropea. L'aria condizionata è rotta, dentro lo scompartimento fa caldo. I finestrini sono bloccati, tranne un paio. Tutti e tre abbiamo un leggero velo di sudore addosso.

Giulio mi sorride, e sorride anche a Medea. «Dovrei essere terrorizzato, e forse lo sono» risponde. «Ma con voi vicini, mi sembra tutto più facile.»

Ripenso alla notte scorsa, ed è come se qualcuno versasse nel mio cervello un infuso di miele e sambuco che piano piano mi cola giù nel petto, dolce, inebriante, languido.

Mi sento stranamente più adulto, come se fossi cresciuto di tre anni nel giro di pochi giorni, come se il mondo oggi avesse una luce diversa da guardare attraverso una consapevolezza nuova.

Non ho mai visto una dolcezza simile negli occhi di Medea. E Giulio? Giulio ha mollato una volta per tutte la sua corazza, e sembra in pace con se stesso. Anche se è evidente che gli manca ancora qualcosa.

Sappiamo di salsedine e siamo sporchi di sale. La speranza è che nessuno ci faccia troppo caso, dopotutto siamo in una località di mare.

Non dovrebbero trovarci, ma ci chiediamo come faremo noi a trovare lui, Federico.

Finalmente il treno si ferma. Scendiamo, zaini in spalla. Fuori, per quanto faccia caldo, l'aria è più fresca, o meglio, più ventilata. E preferisco un soffio d'aria calda a poche centinaia di metri dal mare, che una fornace statica di ferro e plastica.

«Certo che un altro bagno me lo farei» azzardo timidamente.

Medea sorride. Giulio resta in silenzio, ma il suo sguardo si sospende, trasognato.

«Giulio, sei tra noi? Sembri così... svagato.»

«Mi sento leggerissimo, ragazzi. Se riesco a levarmi anche quel peso con Federico, probabilmente dovrete legarmi ai vostri polsi come un palloncino, o volerò via.»

«Niente bagno, comunque» chiarisce Medea. «Abbiamo una missione da compiere.»

Lo so bene. Tropea non è enorme, sono poco più di seimila abitanti, ma coi turisti la spiaggia è a dir poco affollata.

«Come prima cosa, direi di puntare dritto verso il mare» dice Giulio. «Godiamoci il panorama, poi cercheremo Federico.»

Per me e Medea va bene. In fondo, la ricerca è di Giulio. È bene rispettare i suoi tempi. Passeggiamo per le vie della città, zeppe di turisti che scattano foto e si fermano presso negozi di souvenir e prodotti tipici. È difficile non distrarsi, è difficile non sentirsi in vacanza.

Giulio a un certo punto volta la testa verso di noi. «Non guardate di là.»

Guardo di là, ovviamente. Ci sono due carabinieri che pattugliano la strada a piedi. Tutt'a un tratto, il lato opposto della strada diventa molto più interessante, così come i negozietti e le merci esposte fuori. Vasi, piatti, carabattole, strumenti per la cucina, artigianato locale. Ogni scusa è buona per non far notare i nostri volti ai due carabinieri. È troppo presto. Dobbiamo prima trovare Federico.

Non impieghiamo molto per arrivare al mare alla fine di quello che deve essere il corso principale. Le case della parte alta di Tropea si affacciano a strapiombo sulla spiaggia, decine di metri più in basso.

E quando raggiungiamo la ringhiera alla fine della via, i nostri occhi si perdono in una veduta meravigliosa: un mare cristallino con decine di sfumature di azzurro, dalla trasparenza a riva al blu profondo al largo. Dal basso salgono gli schiamazzi dei bagnanti, la spiaggia è trapuntata di ombrelloni colorati.

«Sarà un problema, trovarlo laggiù.»

«Sempre che sia laggiù.»

Scendiamo in spiaggia, trotterellando lungo le strade in discesa. Ora fa caldo davvero, in riva al mare il sole picchia di più. O forse è solo il desiderio di farsi un bel bagno rigenerante.

Non è facile trovare Federico: anche perché non ha segni particolari che lo contraddistinguono. Ha un viso piuttosto comune, niente tatuaggi, taglio di capelli vistoso, orecchini. Niente di tutto ciò. E poi, è passato così tanto tempo da quando Giulio l'ha visto l'ultima volta, che nemmeno per lui sarà semplice riconoscerlo. Vaghiamo tra gli ombrelloni, madidi di sudore. Ma c'è davvero troppa gente.

Giulio fruga con lo sguardo ogni famiglia, ogni gruppo di ragazzi della nostra età. Medea mi guarda e scuote la testa. È davvero una missione impossibile.

Però a me piacciono le missioni impossibili. Abbiamo attraversato l'Italia intera per arrivare fin qui, non me ne andrò senza averle provate tutte per trovarlo. Non siamo a Manhattan, ci vuole solo pazienza. E metodo.

È così che cominciamo a passare a tappeto la città. Fermiamo ogni ragazzo o ragazza che incontriamo, e chiediamo se conoscono Federico. Non è difficile, e nemmeno divertente. Però, alla fine, dopo solo due ore e mezza di ricerche, troviamo una ragazza che conosce Federico. Bingo.

All'inizio è un po' sospettosa, non ci vuole dare il numero. Poi però ci indica l'associazione dove fa volontariato Federico. «Se avete fortuna, lo trovate lì. Altrimenti domani.»

Domani. E chi lo sa cosa sarà domani. Se saremo qui, se dovremo andarcene, se ci troveranno.

Seguiamo le indicazioni della ragazza camminando per le strade a testa bassa. L'euforia di averlo quasi trovato lascia il posto alla paura che non ci sia. Perso per un soffio. Per qualche ora.

Non osiamo parlare, ci sembra che stando in silenzio sia più probabile che il nostro desiderio si avveri. Fai che sia lì. Fai che sia il momento buono.

Entriamo piano. Seduti per terra, nell'atrio, ci sono alcuni ragazzi che discutono animatamente. Hanno lo zaino in spalla, hanno una casa, una madre che li aspetta. Sembra una vita fa, quando anche noi eravamo ragazzi normali.

Do una spinta a Giulio.

«Vai» sussurra Medea.

Lui si guarda intorno, fa qualche passo, infila la testa dentro una porta. La ritira. Fa cenno di no. Prova ad aprire un'altra porta. È chiusa a chiave. Lo guardiamo interrogativi, ma dentro di noi abbiamo perso le speranze: quel posto è un buco, se non lo ha visto vuol dire che non c'è.

Giulio fa qualche passo verso di noi, poi torna indietro, entra nella stanza dove aveva sbirciato poco prima. «Sto cercando Federico...» dice esitante.

«Su» lo interrompe una voce femminile.

Si affaccia dalla porta, ci fa un segno di vittoria ma nei suoi occhi c'è paura.

«Vai» gli urliamo io e Medea.

Esita. Poi sparisce.

21
Giulio

Prima il cuore comincia a battermi all'impazzata. Poi mi sale l'impulso di vomitare.

Faccio le scale piano, ma a due a due, sperando allo stesso tempo di arrivare presto e mai.

La stanza sopra è piccola quanto quella sotto, piena di scatoloni e volantini. Non impiego molto a riconoscerlo. Nei suoi occhi vedo un guizzo di incredulità, poi un'espressione di ghiaccio gli congela il viso. Gli occhi mi si riempiono di lacrime.

«Federico. Sono Giulio.»

Non dice nulla. I suoi occhi sfuggono per un istante dietro di me, verso le scale, non so se nel timore o nella speranza che io non sia solo, che arrivi qualcun altro.

Così non mi aiuta. Le parole si annodano in gola, non so più da dove cominciare. «Volevo chiederti scusa...»

Sgrana gli occhi. Poi lo stupore lascia il posto alla rabbia. Gli occhi diventano due fessure. Continua a guardarmi, senza dire una parola. Devo andare in fondo.

«Fede» sussurro. Fede, come lo chiamavo quando eravamo

bambini. Quando eravamo ancora amici. Quando non ero ancora uno stronzo. Un bullo del cazzo.

Tutto ciò che voglio, ora, è chiedergli scusa. E sperare in un suo perdono. Come ho fatto a essere così apatico, così cieco? Come ho fatto a non rendermi conto del male che ho causato? Perché quando il mio migliore amico aveva bisogno di me, io non solo non l'ho aiutato, ma mi sono messo a capo del gruppo di idioti che lo hanno calpestato.

Si alza, raduna alcuni fogli sulla scrivania. Afferra una zaino da terra.

«Federico, ti prego. Aspetta. Ti prego. Ti prego, ascoltami.»

Fa due passi verso le scale, dribblandomi e lasciandomi lì. Lo seguo con gli occhi. Federico si ferma, la sua nuca si abbassa. Poi, lentamente, si volta.

«Che cosa ci fai esattamente qui? Sei tornato per tormentarmi?»

«No. Sono venuto a chiederti scusa, davvero.»

Scuote la testa, e mi volta ancora le spalle. Faccio qualche passo verso di lui.

«Non ti avvicinare!» mi intima girandosi di scatto, sollevando il braccio. «Stammi lontano. Se rivedo la tua faccia, ti denuncio per stalking. Ti giuro che lo faccio.»

«Federico, ti prego. Ti chiedo soltanto cinque minuti del tuo tempo, non di più. Sono cambiato. Ora ho capito. All'epoca non ne avevo idea, ma ora ho capito.»

«All'epoca non ne avevi idea e quindi dovrei perdonarti perché eri giustificato? Stai dicendo questo?»

«No, no. Non cerco scuse, Fede. Non voglio nessuna giustificazione. Fino a qualche giorno fa ero lo stesso Giulio che ti ha fatto soffrire.»

«E in pochi giorni hai cambiato idea? Mi sembra un po' esagerata, come illuminazione. Senti, lasciami andare. Fai solo danni.»

«Non sono più come ero prima, Fede. Ho conosciuto due persone che mi hanno aperto gli occhi. Due persone con cui sono successe delle cose, tante cose.»

Fede piega la testa di lato, come studiandomi. Forse ora si sta incuriosendo. Forse è disposto a darmi quel minimo di fiducia necessaria perché possa ascoltarmi, almeno cinque minuti.

«Che cosa ti è successo?»

Non so come dirlo, mi imbarazza. Non ho nemmeno ancora fatto pace con me stesso, sul fatto che tra me e Leo il rapporto è strano e non ho mai provato nulla del genere. «Non lo so nemmeno io.»

Fede tace. Poi scoppia a ridere. «Ma pensa.»

«Che vuoi dire?»

«Niente, non voglio dire niente. Ti rendi conto che sei ridicolo? Eri il mio migliore amico. Finché andavo bene a tutti. Poi, quando gli altri hanno iniziato a prendermi in giro, a rendermi la vita un inferno, tu da che parte ti sei messo? Dalla loro. Sei diventato il peggiore, hai dimenticato anni di amicizia, di giochi. Mi hai costretto a scappare. I miei genitori hanno lasciato il lavoro, siamo tornati qui come dei ladri. Ho dovuto ricominciare tutto da capo, amici, scuola, tutto.» È un fiume in piena. Sembra che voglia ributtarmi addosso tutto il male che gli ho fatto.

«Credi che sia stato facile, qui? Credi che mi aspettassero in stazione con gli striscioni del gay pride? No, non è stato facile nemmeno qui. Ma almeno non c'eri tu.» C'è un risentimento nella sua voce che mi restituisce la misura della mia meschinità.

«Non credo alle tue scuse, Giulio» mi dice con un sorriso, e un'espressione più dolce, ma quasi di scherno. «Ci vuole un cuore cattivo per detestare qualcuno solo perché ha dei gusti diversi.»

Non poteva tirarmi pugnalata peggiore.

«Non so cosa dirti, mi dispiace» farfuglio. «Volevo sapere come stavi…»

«Ottimo. E ora che lo sai? Sei contento che nonostante tutti i tuoi sforzi sia riuscito a sopravvivere, e a crescere? Così hai un peso più leggero sulla tua coscienza?»

Forse è davvero così. Forse, al fondo di tutto, non me ne frega nulla di come sta Federico. Forse volevo solo sapere che stava bene e tornare in pace con me stesso, avere la garanzia che nessuna delle mie azioni lo avesse davvero ferito irreparabilmente.

«Vorrei solo il tuo perdono, Federico. Non chiedo altro. Voglio solo che tu sappia quanto mi dispiace, quanto ho sofferto perché la nostra amicizia è finita. E quanto sto male, oggi, a pensare di aver ferito non solo te, ma tante altre persone. Per favore.»

Resta qualche istante in silenzio. Poi, senza togliere gli occhi dai miei, parla con calma, con voce ferma: «Giulio, io ti odio. Ti odio, e ti odierò sempre. Vallo a cercare da qualche altra parte, il perdono. Tu per me non esisti. E io non voglio esistere per te».

Si avvia per le scale senza voltarsi più indietro. Lo guardo sparire. Non so quanto tempo passa prima che il primo singhiozzo rimbombi nella stanza vuota.

22

Leonardo

Poche cose mi fanno sentire inutile quanto l'incapacità di consolare un amico. Quando accadono cose al di là delle nostre possibilità, su cui non abbiamo nessun potere.

Medea gli sta consumando la testa, a furia di accarezzarlo. Ma Giulio è inconsolabile. Non c'è nulla che possiamo dire o fare per tirarlo su. Ora ha smesso di piangere. Perché forse, dopo tante ore, le lacrime finiscono davvero. E rimangono solo dei singhiozzi a secco, degli occhi rossi, le palpebre gonfie, e le occhiaie segnate come dopo un'insonnia durata giorni.

Anche questo è il prezzo della violenza. E queste persone non lo sanno, ma fanno male anche a se stesse. E quando un giorno capiscono ciò che sono, gli torna tutto addosso, si accorgono che il peso delle loro azioni non è più sulle spalle delle vittime, ma sulle loro. Ed è difficile trovare qualcuno che abbia intenzione di aiutarli, alleggerendone il peso.

Io, il peso della colpa di chi se l'è presa con me, non lo alleggerirei mai. Ed è proprio quello che ha fatto Federico con Giulio. Quindi no, Federico non ha tutti i torti. Giulio li ha. Ma gli voglio bene lo stesso, perché ha capito. Ora è compito mio e di Medea stargli vicino. Guarirà, da questa sofferenza. Gli rimarrà dentro, ma guarirà. E combatterà in prima linea per migliorare il mondo.

È la seconda sera che finiamo sulla spiaggia. Dove potremmo andare? Dopo le sette di sera circa, i bagnanti tornano a casa per cenare e per prepararsi all'uscita serale. Il momento per noi di cercare qualche lettino incustodito.

«Tu ci hai provato, Giulio» gli ripete Medea. «Presto starai meglio.»

«Non mi interessa, tanto ormai...» risponde Giulio.

Lo prendo per mano. «Hey, hai fatto quello che dovevi fare. Hai riconosciuto il tuo sbaglio. Questo è quello che conta ora. Non si può pretendere il perdono, è un capriccio da bambini. Non tutto si aggiusta. Bisogna accettarlo. Fa anche questo parte dell'accettare gli altri. Riparti da qui. Fai del bene, fanne così tanto da trasformare tutto il resto in una macchia minuscola.»

Medea annuisce. «Proprio così. Devi guardare avanti, ora.»

«Ma vi siete dimenticati in che situazione siamo? Forse avete perso di vista come è cominciato il viaggio che ci ha portati qui.»

«La risolveremo, quella situazione. Se tu ci aiuterai. E dovrai chiedere anche aiuto ai tuoi genitori. Loro possono permettersi avvocati dello stesso livello di quelli dei genitori di Carlo, no?»

«Be'... sì, certo che sì.»

«Bene, allora sono tranquilla. La mia coscienza è a posto. La verità verrà a galla. E se in questi giorni ci è capitato di combinare qualche altro reato, be', saranno sicuramente cose minori, che non mi preoccupano. Sentite, che ne dite di un gelato?»

«Cosa?»

«Un gelato. Vado a prenderlo in qualche bar, una vaschetta. Poi torno qui e ce lo mangiamo. E domani torniamo a casa. Che ne dite?»

Allora è davvero finita. Un gelato, e poi a casa. Come alla fine di un film.

Guardo Giulio. È stanco e svuotato. Com'è diverso rispetto a quando siamo partiti. Per quel che ne so, potrebbero anche averlo sostituito con una specie di doppione buono.

«Bene, allora vado. Se lo trovo, prendo anche un succo di mirtillo. Non muovetevi di qui!» dice Medea. Poi schiocca un bacio a fior di labbra a entrambi, e si allontana.

Ora siamo soli, io e lui. Come ci è già successo nella notte dopo Bomarzo, quando si è aperto per la prima volta. Forse, tutto è davvero cominciato lì. Forse questa non è tanto la mia storia, ma quella di Giulio. La storia di una consapevolezza che non aveva, e che ha trovato.

Ma che cosa ne sarà, di noi? Di me e lui. Di lui e Medea. Di me e Medea. O di tutti e tre insieme. Non lo so.

Mi avvicino a lui. «Hey.»

«Hey» mi risponde.

«Dai, su.»

Giulio annuisce.

«Senti.» Uhm, come glielo dico? «Quando saremo tornati, quando tutta la storia sarà finita…»

«Vuoi sapere se continueremo a vederci?»

«Sì. No. Cioè, anche. È che sono un po' confuso. Non so bene cosa vuoi tu, non capisco se tutto questo è stato solo una parentesi. O se, come dire, forse c'è qualcosa di più. Qualcosa che può crescere.»

Giulio affonda i piedi nella sabbia asciutta, poi le mani, ne prende una manciata, la fa scivolare via lentamente tra le dita, dispersa dalla brezza che arriva da terra.

«Non lo so, Leo. Davvero non lo so. In questo momento non so nulla. Voglio tornare a casa e capire che cosa è successo, che cosa succederà.»

«Posso farti una domanda?»

«Certo.»

«Daresti la stessa risposta anche a Medea?»

Giulio scrolla le spalle. «Penso di sì.»

«Cosa vuol dire "penso di sì"?»

«Che non lo so, Leo. Non mi sembra il momento adatto per discuterne.»

«Giulio, è importante per me.»

Gli stringo la mano, intreccio le mie dita alle sue. Lui le stringe. Mi sporgo in avanti, appoggio la testa sulla sua spalla. La sua mano mi accarezza la nuca. Con l'altra mi abbraccia.

«Vorrei tanto, Leo. Mi piaci. Ma devo esserne convinto. E ora non lo sono. Non voglio fare soffrire anche te, in un modo diverso.»

Annuisco sulla sua spalla, e ogni volta che la testa fa su e giù inspiro il suo odore, che è così buono, che mi fa sentire così a casa e così al sicuro.

«Succo di mirtillo, Giulio.»

«Succo di mirtillo, Leo.»

Si sdraia sulla schiena, mi porta giù con sé. Sono di fianco a lui. Lo guardo negli occhi. Le nostre mani ormai sono intrecciate come un gomitolo di cotone.

«Forse per funzionare deve esserci anche Medea» mi dice. «A coppie non funzionerebbe, con nessuna combinazione. Ma forse in tre. Insieme. Chissà.»

Abbandono la testa sul suo petto. Le sue dita giocano con i miei capelli. Sento il suo battito che rallenta piano piano, il respiro profondo e quieto, a tempo con la risacca del mare.

«Non voglio che tutto questo finisca» gli dico. «Non voglio perdere le uniche due persone con cui sono davvero riuscito a costruire qualcosa. Non sono mai stato così bene con nessun altro. Mai. Nessun altro.»

«Credo di potere dire lo stesso.»

In lontananza, da qualche parte, qualcuno ride.

«Sì.»

Poi lo bacio. Un bacio innocente, leggero. Giulio lo accoglie, lo restituisce. E poi ci stacchiamo, quasi imbarazzati.

«Così non mi rendi le cose più facili, Leo» mi dice.

«Non ne ho nessuna intenzione» gli rispondo.

Ci baciamo di nuovo, tutto intorno a noi sembra fermarsi, un'onda si infrange sulla sabbia.

«Hey, guardate, lì qualcuno si sta divertendo!»

Una voce maschile, seguita da altre risate maschili. Io e Giulio ci stacchiamo di colpo, guardandoci attorno. Non troppo distante vediamo un gruppetto di persone che viene verso di noi.

«Chissà se vogliono compagnia!»

«La tua no di certo» risponde qualcun altro. Ragazzi. Ubriachi? Forse. Molesti? Molto probabile.

Io e Giulio ci ricomponiamo, ci sediamo.

«Hey, che fate? Continuate, non siate timidi! Non vi facciamo niente!»

Le voci sono sempre più vicine.

«Giulio, andiamocene» gli sussurro. Comincio ad avere paura.

«E Medea?»

Merda, è vero.

I ragazzi cominciano a battere le mani a tempo. «Bacio! Bacio! Bacio! Bacio!»

«Sono solo un po' ubriachi» mi dice Giulio, stringendomi la mano. «Stai tranquillo, faranno un po' i coglioni e poi se ne andranno. Fidati, okay? Ci sono io.»

Aspettiamo seduti, zitti, guardando il mare di fronte a noi. Ora sentiamo i passi, i piedi che frusciano nella sabbia.

«Hey, ma che cazzo!»

«Ma sono due maschi!»

«Ma che schifo, due froci qui!»

Si schierano davanti a noi, praticamente accerchiandoci. Giulio mi stringe la mano ancora più forte.

«Vi sembra il caso di venire a fare le vostre porcate qui, schifosi che non siete altro? Fate vomitare.»

«Ragazzi, per favore, non stavamo dando fastidio a nessuno» dice Giulio, con un leggero tremito nella voce. «Ora ce ne andiamo, va bene? Come se non fosse successo niente.»

«Successo niente un cazzo! State fermi dove siete.»

«Io dico che dobbiamo dargli una lezione.»

«Sì, hai ragione, dobbiamo dargli una bella lezione. Dobbiamo fargli capire che qui quelli come loro non li vogliamo. Froci, rovina d'Italia!»

«Dai, ragazzi. Stiamo calmi» continua Giulio. «Non è successo niente, va bene? Ora io e il mio amico ci alziamo e ce ne andiamo.»

Giulio si alza, tirandomi dietro di sé.

«Voi due non andate da nessuna parte» grida quello che sembra il capo. Poi spinge giù Giulio, che cade nella sabbia.

«Giulio!» grido, correndo a soccorrerlo.

«Giulio!» mi fa il verso uno di loro. «Certo che sono proprio froci. Cosa aspettate a reagire?»

Giulio mi prende da dietro le nuca e mi avvicina a sé.

«Ora ci alziamo e scappiamo via.» Annuisco rapidamente. «Uno, due, TRE!»

Mi metto a correre, mentre Giulio si alza in piedi. Faccio pochi passi, e per poco non mi schianto contro due ragazzi. Mi volto, vedo Giulio trattenuto a terra, con un piede sul petto.

«Che gli facciamo a questo?» dicono i due che mi hanno fermato, spingendomi indietro. Cado in ginocchio sulla sabbia.

Il capetto sembra pensarci su. «Mi sembra la più femminuccia dei due. Direi che è quello che merita più botte. Vero?» Si avvicina e mi tira uno schiaffo, che risuona secco. Sento il bruciore spandersi sulla guancia.

«Non lo toccare, bastardo!» grida Giulio.

«Altrimenti cosa? Stai zitto, sennò distruggiamo anche te.»

Giulio afferra la gamba di quello che lo tiene a terra e lo trascina giù, alzandosi in piedi. Altri due gli si gettano addosso. Per un attimo non lo vedo più, in quel groviglio di corpi. Ma sento. Sento i colpi sordi che si abbattono su di lui.

«Bastardi!» grido alzandomi e scagliandomi contro il capetto. La sua mano chiusa a pugno mi colpisce in pieno volto, con uno schiocco. Sento qualcosa fare crac nella mia faccia, e un dolore sordo irradiarsi lungo tutto la mandibola. E poi il sapore del sangue. Cado a terra. Sputo. Tossisco.

Giulio. Giulio. Devo aiutare Giulio. Gattono verso i due che stanno picchiando Giulio, che non riesce a liberarsi. Qualcuno mi afferra per una gamba e mi strattona indietro. Cado. La mia bocca si riempie di sabbia. Sabbia e sangue.

Quello che sento dopo è un dolore lancinante alle costole.

Non riesco più a pensare. Sento solo dolore, dolore, dolore. E poi nemmeno più quello. Non so se sono mani, piedi, sassi quelli che mi piovono sul viso.

Sussurro «Giulio», o almeno è quello che vorrei dire, perché la bocca è piena di sangue, la lingua non si muove, e non so cosa sto biascicando, vedo solo Giulio che si è rialzato, e viene colpito, ma non crolla, e anche se è buio lo vedo che il suo viso è tumefatto e striato di sangue, mentre io quasi nemmeno respiro più.

Ma hanno smesso di picchiarmi, ora. Ora che non sento più niente. No. Sento. Una ragazza che grida aiuto. Strilla. Medea. Medea, sei tu. Medea, sei tornata.

«Andiamo via, andiamo via!»

Scappano. Scappano, come vigliacchi. Qualcuno mi solleva la testa, con molta delicatezza.

«Leo! Leo! Mi senti?»

È Giulio. Ti sento Giulio. Ti sento nelle orecchie, nella testa, nella carne e nelle ossa. Ti sento come non ho mai sentito nessun altro. Ma non vedo. Ti sento ma non ti vedo. Non vedo niente.

«Medea, ferma qualcuno e fagli chiamare un'ambulanza, presto!»

Medea corre via, la sento gridare contro delle persone, qualcuno la ignora, finché finalmente non le prestano il telefono, la sua voce è agitata, piange. Ma si deve calmare. Se non si calma l'operatore non capisce, e se non capisce non manda l'ambulanza. E se non manda l'ambulanza… io, poi… io…

«Leo, Leo, Leo. Leo, parla. Resta con noi, Leo. Ti prego, dimmi che mi senti. Dimmi che mi senti, Leo. Leo?»

Ti sento, Medea. Ti sento nelle orecchie, nella testa, nella carne e nelle ossa. Ti sento come ho sentito Giulio. Ma non vedo. Ti sento ma non ti vedo. Non vi vedo.

Cos'è questo suono? Una sirena. Di già l'ambulanza? Scorre in fretta il tempo, ora. Troppo in fretta. Qualcuno lo fermi.

Giulio, Medea. «Succo di mirtillo. Vi amo.»

23
Medea

Ho ancora negli occhi e nelle orecchie i colpi che si abbattono su Leonardo, le voci degli aggressori in fuga, le sirene delle ambulanze che squarciano la notte estiva. Ho ancora il sangue di Leo sui vestiti.

Ho ancora nelle orecchie il flebile sussurro del suo «Succo di mirtillo». Del suo «Vi amo». Ho ancora in gola il bruciore delle mie grida disperate, del mio pianto a dirotto.

Ho ancora intorno alla testa l'intorpidimento dell'incredulità di ciò che è successo. Ho lo sguardo fisso sulla serie di calendari dei carabinieri appesi con un cordoncino al muro, tutti belli in fila.

Quasi non ci riuscivano, a portarmi in caserma. Avrei voluto a tutti i costi rimanere sull'ambulanza con Leo.

«Sono i ragazzi fuggiti!» ha detto uno degli agenti. Ci hanno riconosciuti, nonostante tutto.

Ma, onestamente, voglio solo sapere come sta Leo. Non so da quante ore sono qui. Sento una porta aprirsi. È Giulio, di ritorno dall'ospedale, accompagnato da un paio di carabinieri.

Faccio fatica a guardarlo in faccia. Non è conciato bene. Ma se ora è qui, vuol dire che al di là dei lividi non ha nulla di grave.

«Come stai? Come sta Leo?»

Giulio si avvicina alla sedia. Si muove rigido, con attenzione, come se temesse di andare in pezzi al minimo movimento. Si siede lentamente, poi gli sfugge una smorfia di dolore. Porta una mano al torace.

Sto per scoppiare di nuovo a piangere. È davvero difficile vederlo così.

Quando si è finalmente seduto, sospira. «Non ti preoccupare, io sto bene» dice.

«E Leo?» Perché non mi dice come sta Leo? Cosa sa? Cosa gli hanno detto? Non può essere così grave, non può essere... Mi rifiuto anche solo di pensarlo. Non doveva finire così. Non doveva.

Giulio scuote la testa, e per un attimo le mie peggiori previsioni sembrano avverarsi. Ma solo per un attimo. «Non lo so, Medea. Davvero non lo so. Forse ora potrebbe essere in sala operatoria. O in terapia intensiva. O chissà dove...»

O potrebbe non essere più niente. Il mio Leo. Il nostro Leo. Ci ha uniti come pensavo non fosse nemmeno immaginabile.

«Quindi è questo il momento in cui tutto viene a galla» dice Giulio.

«Già, così pare. Ma è la cosa che meno mi preoccupa» rispondo.

«Per quel che mi riguarda, mi sembra tutto irreale. Mi sembra di trovarmi dentro un videogame. Come se mi bastasse spegnere, da qualche parte, e tornare alla vita di prima. O caricare un salvataggio precedente.»

«Sarebbe fantastico.»

Si apre una porta, entra un carabiniere. Ha una certa età. I baffi sono ormai grigi, le borse sotto gli occhi accentuate. Lascia cadere una cartella sulla scrivania davanti a noi, si siede, intreccia le dita.

«Ragazzi, allora, che vogliamo fare?»

Io e Giulio ci guardiamo.

«È stata tutta colpa mia» esordisce Giulio. «La festa in piscina, l'aggressione.»

Il carabiniere si gratta la testa. «Ma che piscina, ragazzo? Vuoi dire che li avevate conosciuti a una festa in piscina?»

«No, siamo compagni di classe» risponde Giulio.

«Ma lei non frequenta le scuole al suo paese, nel Nord?»

«Sì, infatti…»

«E allora come può sostenere di andare a scuola con gli aggressori di qua? O forse erano amici suoi, tutti in vacanza qui?»

«No, io…»

Giulio mi guarda. Non capisce. E nemmeno io, in verità. Poi, un lampo di genio.

«Ah! Ma forse il signore…»

«Maresciallo, prego.»

Mi correggo: «… il maresciallo ti sta chiedendo di quello che è successo stasera. Non a casa tua».

Merda. «Di quello parleremo dopo» continua il maresciallo. «Prima mi vuole spiegare che cosa è successo stasera?»

Giulio sospira. Poi si mette a raccontare. Fa molte pause. Ogni volta che nomina Leo, gli trema la voce. Qualche minuto dopo, è in lacrime e singhiozza copiosamente.

Il maresciallo annuisce. «Vuole sporgere denuncia per aggressione?»

Giulio si irrigidisce per un istante. Cerca una risposta da me. E c'è solo una risposta che posso dargli. Annuisco.

«È la scelta giusta, giovanotto» dice il maresciallo. «Quanto a lei» si piega verso di me, «si può sapere perché è scappata di casa? Sua madre è disperata.»

Okay, ci siamo. È arrivato il momento di vuotare il sacco. Vada come vada, se ci sono delle responsabilità da assumermi, lo farò. Soprattutto, lotterò fino in fondo perché la verità emerga.

«L'altra sera. Quella altra sera. Ho avuto un incidente con un ragazzo che stava tentando di violentarmi. Mi sono difesa. È caduto sul bordo di una piscina, battendo la testa. Ma non volevo fargli del male!»

Il maresciallo annuisce. « Lo sappiamo. Lo sappiamo bene.»

«Eh? In che senso lo sapete? E non ci arrestate?»

«E perché mai dovremmo arrestarvi? Il ragazzo ha confessato tutto.»

Guardo Giulio, che è incredulo quanto me.

Gli occhi del maresciallo fanno avanti e indietro tra me e Giulio. «Non ne sapete niente, vero?»

Scuotiamo la testa all'unisono. «Ci aveva accusati di averlo aggredito…»

«Ed è per questo che siete scappati, vero?» dice il maresciallo.

Annuiamo. Il maresciallo ride sotto i baffi. «Quella vicenda si è conclusa subito. Quello che mi stupisce» dice rivolgendosi a Giulio «è che lei non ha pensato alle telecamere installate a casa sua. Hanno ripreso tutto. Quel ragazzo mentiva, e ne pagherà le conseguenze.»

Giulio strabuzza gli occhi. «Telecamere? I miei hanno installato delle telecamere anche in giardino? Non ne sapevo nulla! Ma, quindi… siamo liberi! E innocenti!»

Non so come sentirmi. Quel che è certo è che tutt'a un tratto mi sento incredibilmente sollevata. Così leggera che potrei svenire. Ma subito dopo vengo colpita da un pensiero terribile. Se non fossimo partiti, Leo non sarebbe stato pestato. Sono libera, eppure mi viene da piangere. Mi sento tremendamente in colpa, nonostante tutto. Tutto questo, per niente. Il maresciallo, nel frattempo, si massaggia le tempie, con gli occhi chiusi. Poi li apre di botto: «Ma perché siete scappati?» dice. «Perché non l'ha denunciato per tentata violenza? Perché non avete fatto sentire la vostra voce contro la sua, anche se non sapevate delle telecamere?»

Sorrido, amareggiata. «Perché quel giorno indossavo vestiti troppo corti, per essere presa sul serio. Perché la famiglia di quel tizio a quanto pare è molto più ricca di mia madre, e i loro avvocati mi avrebbero demolito. Le basta, o le serve qualche altro elemento, maresciallo?»

Il maresciallo apre e chiude la bocca più volte, senza emettere un solo suono. Poi si alza, e comincia a passeggiare avanti e indietro, le mani intrecciate dietro la schiena come un vecchietto che osserva i cantieri.

Sbuffa più volte, come se, di tanto in tanto, giungesse alla fine di un ragionamento che gli dà fastidio.

Poi si gira, e mi guarda negli occhi. «Parliamoci chiaro, signorina. E anche lei, giovanotto. Ho capito benissimo il suo discorso. E purtroppo non posso darle torto. Ma a lei una cosa la consiglio, signorina. Non lasci correre. Lui ha praticamente confessato, è vero, ma il suo ruolo può essere importante. Non sarà facile rivivere quei momenti, ma magari, con un buon amico al suo fianco… » dice ammiccando verso Giulio.

Mi volto verso Giulio con sguardo interrogativo. «Puoi contare su di me, Medea» dice. Annuisco, e non posso fare a meno di sorridere. «Tanto più che ha messo pure me in mezzo, accusandomi di averlo aggredito».

Socchiudo le palpebre. «Maresciallo, sembra che lei abbia particolarmente a cuore questa faccenda. Perché?»

Faccio appena in tempo a scorgere un luccichio nei suoi occhi, forse quasi una lacrima, prima che si volti nuovamente, dandoci le spalle. «Lasciate perdere me, sarebbe troppo lunga da spiegare. E comunque, bisogna sempre credere a una vittima.»

Poi si schiarisce la voce un paio di volte. «Signorina, forse è il caso di chiamare sua madre e tranquillizzarla. Che ne dice?»

Apre la porta che conduce nell'altro stanzino, lo seguo ed entro, lasciando Giulio di là. «Quanto a lei» gli dice il maresciallo, «si chiarisca le idee sui fatti di *questa* notte. Spero proprio che vorrà denunciare i farabutti che hanno conciato così lei e il suo amico.»

«Non devono passarla liscia» risponde Giulio.

Il maresciallo mi chiude la porta alle spalle. Poi si avvicina a un vecchio telefono sulla scrivania, di quelli con la ghiera girevole per comporre il numero.

«Lo sa usare?» mi dice, porgendomi la cornetta beige.

Annuisco, un po' titubante, allungando un dito verso i numeri. Infilo il dito in un buco. Guardo il maresciallo. Il suo sguardo mi rassicura. Sì, si usa così.

Mentre compongo il numero, chiedo: «L'avete già avvisata?».

«Certo. Sta aspettando la telefonata.»

Il ricevitore squilla. Sento il rumore della cornetta sollevata. La voce che mi risponde è quella di una donna spaventata, provata dalla paura, che ancora teme possa essere tutto uno scherzo crudele.

«Pronto?»

«Mamma.»

24
Medea

L'estate è venuta e se n'è andata, o quasi. Siamo a settembre, tra pochi giorni riprenderanno le scuole. Non è stata un'estate semplice. Prima ho dovuto superare i sensi di colpa per aver fatto soffrire mia madre; anche se lei non ha sentito il bisogno di dovermi perdonare qualcosa. Quando le ho raccontato quello che era successo, mi ha subito detto che capiva perché ero fuggita. E ha aggiunto che forse lei avrebbe fatto lo stesso, nei miei panni.

Poi c'è stata la denuncia contro Carlo. Non so bene come finirà. Siamo appena all'inizio. Ma ho il sostegno di Giulio.

E poi ci sono state le visite a Leo. Le ferite sono guarite, sulla pelle i segni del pestaggio sono quasi svaniti. Ma lui non è guarito. Quella notte è entrato in coma, e non ne è più uscito.

I suoi assalitori? Svaniti nel nulla. Troppo buio perché Giulio potesse identificarne qualcuno con certezza. E, per il resto, bocche cucite. Il maresciallo ci ha chiamati: a Giulio ha chiesto scusa per non essere riuscito a fare di più; a me ha fatto un grande in bocca al lupo per la mia denuncia. Ha detto che sono una ragazza forte.

Ma se è vero che sono forte, allora perché ogni volta che

prendo la mano di Leo, stando attenta ai tubicini che escono qua e là finendo in chissà quale flebo, mi viene da piangere? Dopo tre mesi mi sembra di essere sempre allo stesso punto di partenza. Anche oggi. Un ospedale, dopo lo choc iniziale, è un posto a cui ci si abitua molto piano. All'inizio quello che percepisci è il senso di precarietà; poi a trovare la sua strada è la consapevolezza del dolore che ti circonda. Perché sai che in ogni stanza, dietro ogni tenda, dietro ogni vetro, c'è una persona che sta lottando per la vita, e quella persona probabilmente ha delle persone, tante o poche, che le vogliono bene e soffrono.

Leo ha i suoi genitori. I suoi follower. Me e Giulio. Io e Giulio dobbiamo parlare, tra l'altro. No, non ci siamo visti né sentiti molto, negli ultimi mesi. Prima per niente. Eravamo troppo scioccati per quello che era successo. Poi un po' di più. Però... ci manca qualcosa, lo sentiamo. Ci manca Leo.

Percorro i corridoi dell'ospedale con gli auricolari nelle orecchie. Le mie sneakers dalla suola un po' consumata pattinano leggermente sul linoleum liscio. Eccolo lì, Giulio. È seduto di fronte alla stanza di Leo. Probabilmente dentro ci sono i genitori. Lo hanno ringraziato molto per essersi battuto nel tentativo di difendere Leo.

Ogni tanto invece a me viene qualche cattivo pensiero. Ad esempio che, se non fossimo fuggiti, Leo ora starebbe bene. Ma è una colpa che ho deciso di addebitare a Carlo. Se lui non ci fosse stato, non sarebbe successo nulla. Nulla di nulla. Chissà, forse grazie a quell'incontro strampalato e imbarazzante organizzato da Leo qualcosa fra noi tre sarebbe nato comunque. O forse no. Comunque, non ha senso fare ipotesi.

Mi viene da sorridere, se ripenso a quel pomeriggio in piazza Duomo. Leo che doveva essere padrone della situazione, Giulio che doveva rivelarsi un leone da tastiera, e io che chissà cosa dovevo essere. Nulla è andato come previsto.

Giulio si alza, mi viene incontro. Non c'è bisogno di dire nulla, come al solito. Ci abbracciamo forte, stretti, come se dovessimo passarci chissà quale energia stringendoci l'uno all'altra. Ma non ci baciamo. È come se la magia di quella settimana fosse svanita tutt'a un tratto. Restiamo noi, vuoti, senza senso, sospesi in attesa del pezzo mancante. Sarà che un triangolo senza un vertice non è un triangolo, ma solo un segmento.

Ci sciogliamo dall'abbraccio.

«Ci sono Marta e Andrea dentro?» gli dico.

«Sì.»

«Come stanno?»

Giulio alza le spalle. Non stanno bene, ovviamente. Li vedo segnati ogni giorno di più.

«Tu sei già entrato?»

«No, ti stavo aspettando. Sediamoci, intanto, ti va?»

Ci sediamo. Gli poggio la testa sulla spalla. Ha sempre il solito buon odore, e la muscolatura di collo e spalle mi dà sempre la sensazione di essere aggrappata a una roccia che mi farà resistere a qualsiasi mareggiata.

«Nessuna novità, immagino.»

«Nessuna.»

«Senti, ma...»

«... tu invece come stai?» mi chiede Giulio.

«Non lo so nemmeno io.»

Gli accarezzo la mano. «È tutto così surreale, Giulio. Mi sento così impotente, inutile. Una parte di me è rimasta su quella spiaggia, inginocchiata a piangere e con gli occhi fissi nel vuoto. Con le mani sporche dal sangue di Leo.»

Giulio sospira. «Già, ti capisco.»

Ha gli occhi lucidi e la voce flebile, gli stringo la mano e lo guardo fisso negli occhi.

Esitando si avvicina a me, sento il suo respiro sulle mia labbra, e poi le mie labbra sulle sue. Sento una lacrima cadermi sulla guancia, ma non è mia. Un attimo di leggerezza, seguito dall'immagine di Leo sdraiato nel letto e avvolto da mille piccoli tubicini inizia a riaffiorare. Le nostre labbra si staccano.

«Non so se è questa situazione, non so se era *quella* situazione così assurda... Ho tanti dubbi. E preoccupazioni, per quel che riguarda me stessa. Per quel che riguarda noi due, invece, solo dubbi. E ancora ho quella strana sensazione di scollamento, di alienazione. Ti conosco, ti voglio bene. Ma in questo momento forse non me la sento di dirti qualcosa di più.»

Giulio si stropiccia gli occhi e sospira. «Scusa... non so cosa mi sia preso.»

Annuisco. «Non scusarti.»

«Che casino.»

«Già.»

La porta della stanza di Leo si apre. Escono i suoi genitori. Quando ci vedono, sui loro volti si schiude un sorriso malinconico. Sono felici di vederci. Sono felici di sapere che staremo sempre accanto a lui.

Sono felici che, nonostante tutto, noi ci siamo. E che il loro unico figlio abbia sparso tanto amore e tanto affetto nel mondo.

«Vi sta aspettando» dice Marta. «Lo sento. Vi aspetta sempre. Andate, è lui che ha bisogno di voi, non noi.»

Esistono parole più strazianti? Penso di no, e mi infilo velocemente nella stanza perché non mi va di caricarli con le mie lacrime. Immagino che gli bastino le loro.

Entro. Leo è lì che ci aspetta. È proprio come dicono: sembra che dorma. Gli prendo la mano, la accarezzo e, come al solito, la bagno di lacrime. Non riesco a farne a meno.

«E anche oggi Medea ti ha battezzato» dice Giulio. «Ci manchi, sai? Ho tante cose da chiederti ancora su tutte quelle faccende di cui ci riempi sempre la testa. Discriminazioni, bullismo, omofobia, bla bla bla...»

«Non lo ascoltare. Fa il cinico, ma adesso sui social non fa altro che predicare amore e solidarietà. Rompe le palle più di te.»

«Hey, non rompo le palle!»

«Un po' sì, dai.»

«Ci manchi tanto, Leo. Stiamo già pensando alla prossima vacanza tutti e tre assieme, sai?»

«Sì, quest'estate siamo andati giù. L'anno prossimo andiamo su. Facciamoci un bel giro nel Nord Europa, che ne dici? Austria, Svizzera, Francia...»

«Non ascoltarlo, Leo. Con gli itinerari non è granché. Un po' di qua, un po' di là. Poi ci penso io a fare un tour come si deve» dico.

Giulio si siede sul letto. Io sono su una sedia dall'altro lato. «Ah, caro Leo. Senza di te non è la stessa cosa, sai? Io e Medea ci vogliamo un gran bene ma... insieme a te era diverso.»

«Stavolta non posso che essere d'accordo con Giulio, Leo. Ci manchi terribilmente. Direi che hai dormito anche troppo, adesso, no?»

«Hey, Medea» dice Giulio.

«Se tutte le cose dolci degli ultimi mesi non hanno funzionato, proviamo a pungerlo sull'orgoglio. Ma tanto tu mi senti, vero Leo? È che non vuoi rispondermi. Non lo vuoi più il succo di mirtillo?!»

Con lui è così, ormai. Ci piace parlare con lui, ci piace pensare che possa udirci. Lo coccoliamo e a volte cerchiamo di punzecchiarlo, come se nulla fosse. Ne abbiamo provate tante per risvegliarlo. Davvero tantissime. Suoni, voci, odori. Ogni tanto sembra che muova una palpebra, un dito.

Il più delle volte, però, ci convinciamo che sia solo la nostra immaginazione, una speranza così forte da illuderci che la realtà sia come la vogliamo noi, e non come vuole lei.

«Giulio, ti ricordi quando in quel bar te ne sei uscito che stavi con lui e hai giocato con quei due tizi a biliardino?»

«Eccome… Li abbiamo stracciati. Ma è stato un colpo di culo. Diciamocelo Leo, sei una pippa a biliardino!»

«Meno male che c'ero io. Leo, quando ti decidi a svegliarti, ti portiamo a giocare a biliardino e bere succo di mirtillo tutti i giorni. Non è possibile che tu sia così scarso, dai. Non possiamo permetterci il rischio di perdere contro altri tamarri.»

Tacciamo per qualche minuto. Arriva sempre un momento delle nostre visite durante il quale stiamo zitti e ci ritiriamo negli schermi dei nostri telefoni. Forse scorrere i feed dei social senza prestare davvero attenzione a nulla è un modo di ricaricarsi, di svuotare la mente.

Perché venire qui comunque è impegnativo. Il peso emotivo di parlare con Leo è grande. Ne abbiamo bisogno, sia io sia Giulio, non potremmo mai farne a meno. Ma ci vuole uno sforzo, e ogni volta bisogna entrare nella stanza con la volontà di non cedere sotto i colpi della disperazione e della tristezza. Perché poi, da lì, arrendersi è un passo. E nessuno di noi due vuole farlo.

«Che dici, passiamo alle cose serie?» dice Giulio a un certo punto.

Annuisco. «Comincia tu.»

Giulio inspira. «Allora, da dove cominciare, caro Leo? Io e Medea abbiamo riflettuto molto, in questi giorni. Sì, c'è riuscita persino lei, pensa un po'. Io stavo ripensando un po' alla mia esperienza, a come grazie a te sono riuscito a superare la mia coglionaggine. E Medea mi ha ricordato invece il progetto che avevi iniziato tu, per dare spazio e voce alle mille storie che ricevevi ogni giorno. E quindi stavamo pensando che potremmo fare un takeover del tuo account, e proseguire quello che stavi facendo tu. Perché è utile, perché fa bene, perché apre gli occhi.»

«Proprio così» intervengo. «Lo sappiamo che non puoi risponderci. Forse nemmeno ci senti... Ma volevamo dirtelo e, in un certo senso, chiederti il permesso. Ne abbiamo parlato anche con i tuoi genitori, e ne sono molto felici. Forse te l'hanno già detto, forse te lo diranno. Non lo so. Nei prossimi mesi vorremmo coinvolgere tantissime persone, e andare al prossimo Pride di Milano formando un gruppo che pensavamo di chiamare ArcobaLeo. Ma sono sicura che per quel giorno sarai con noi, in carne e ossa.»

In realtà non ne sono sicura affatto. Ma voglio sperarci. È la cosa in cui spero di più.

Guardo Leo. È proprio vero, sembra che dorma. E poi, a un certo punto, mi accorgo che sul suo viso si sta formando un sorriso.

Le labbra si stendono, si arcuano.

Si vede a malapena, ma è un sorriso.

«Giulio, guarda!»

Giulio si avvicina. «Sta sorridendo!»

«Sì!»

Mi viene da piangere di gioia.

Forse non è niente, forse è solo uno spasmo muscolare involontario.

«Pensi che ci abbia sentiti? Pensi che stia sorridendo perché è contento?» chiedo. Tutt'a un tratto mi sento come una bambina che crede alle favole. O ai sogni.

Giulio sorride e scuote la testa, incredulo. «Non lo so, davvero non lo so. Ma… mi piacerebbe tanto che fosse vero.»

I bip del macchinario a cui è attaccato Leo cominciano a salire di frequenza.

«Che succede?» chiede Giulio, scattando in piedi.

«Non lo so!»

I bip diventano sempre più forti, sempre più veloci.

Giulio si precipita fuori dalla stanza, sbattendo la porta. «Sta succedendo qualcosa!»

Poi corre a chiamare un'infermiera. «Infermiera, presto, dei medici nella stanza 931!»

In pochi istanti un dottore e una dottoressa corrono lungo il corridoio, trafelati, lo stetoscopio che gli rimbalza sui petti, il camice che gli svolazza dietro come un mantello. Li lasciamo entrare, li seguiamo nella stanza, mentre controllano freneticamente i parametri vitali di Leo sul monitor del macchinario.

«Tutti fuori, tutti fuori!» ordina il medico. Marta piange, si stringe al marito. Io non riesco a muovermi.

«Ma ci ha sorriso un istante fa!» protesto.

«Infermiera, li faccia uscire!»

L'infermiera ci spinge fuori e chiude la porta della stanza. Non sentiamo più le voci dei medici, ma solo, ovattato, come un richiamo proveniente da chissà dove, il bip bip convulso della macchina.

25
Leonardo

Non ho mai fatto tanta fatica ad aprire gli occhi. E non ho mai aperto gli occhi su uno scenario tanto strano. Dove sono? Che cosa mi è successo?

No, fermi tutti. Prima di tutto: chi sono?

Ricordo tante cose, ma non questa. Che mi sembra fondamentale, a dirla tutta. Ora che ci penso, forse qualche dubbio sulla mia identità l'ho sempre avuto. Ma in fondo, chi non ne ha? Quello che siamo per noi non coincide necessariamente con quello che siamo per gli altri. Quello che vogliamo essere non coincide con i desideri degli altri. E si mettessero d'accordo, almeno. No: i genitori ti vogliono in un modo, gli amici in un altro, i professori in un altro ancora.

Ma dove sono? Forse fare due passi mi aiuterà a schiarirmi le idee.

C'è un piccolo problema, però. Non riesco a muovermi. Come se fossi legato a qualcosa. Ma cosa? Questa sembra essere una sbarra. Sì, una lunga sbarra di metallo. E le mie gambe… sembrano unite come un unico blocco.

Trema tutto, ora. Che sta succedendo? Un terremoto, e non posso scappare! No, aspetta. Guardo davanti a me, sulla lunga distesa verde liscia e lucida. Il terreno si spacca, si apre: dalle voragini emerge una serie di figure umane legate a delle sbarre come la mia. Si muovono da destra a sinistra, e scalciano in avanti.

Un botto fortissimo alla mia destra mi fa sobbalzare. Poi un altro a sinistra, poi un altro davanti. Sono degli enormi globi bianchi che piovono dal cielo. Ma non cadono solo vicino a me. Cadono anche vicino agli Emersi. Cominciano a colpire i globi bianchi e a lanciarli verso di me. Mi arrivano contro, velocissimi. Vorrei scappare, ripararmi dietro qualcosa, ma posso muovermi solo da destra a sinistra e viceversa. Non ho altro modo di schivare quei bolidi.

Un paio mi colpiscono sulle gambe. Fanno male.

«Leo, Leo. Non puoi nasconderti. L'unica cosa che puoi fare è giocare, e affrontarli.»

Chi ha parlato? Poi lo vedo, sulla destra, seduto con la schiena appoggiata a una specie di alto muretto che delimita lo spazio in cui mi trovo. Le sfere bianche lo sfiorano, ma lui rimane fermo, impassibile. Mi ha chiamato Leo. Quindi mi chiamo Leo.

E lui… non so perché, ma ho come l'impressione che si chiami…

«Giulio?»

Giulio si alza e si struscia le mani sui pantaloni. «Io, ma non proprio io. Sono il Giulio che vive nella tua testa. Non il vero Giulio.»

«Aspetta, sto sognando?»

«L'ultima cosa che vedrai, probabilmente.»

«In che senso?»

«Nel senso che sei messo male, Leo. Molto male. Ti ricordi quella sera sulla spiaggia?»

Una sera sulla spiaggia? Ci devo pensare. Ma non è facile, mentre tutt'attorno mi sfrecciano le sfere bianche.

«Reagisci, Leo. Colpisci, liberati di loro.»

Annuisco. Mi sposto lateralmente verso una sfera, mi dondolo all'indietro e poi scalcio in avanti anche io. La velocità della palla è sproporzionata rispetto all'energia che ci ho messo. La sfera viaggia contro uno degli Emersi, che all'impatto si distrugge.

«Wow.»

«Bravo!» dice Giulio. «Finalmente cominci a restituire un po' di quello che ti hanno dato.»

Un'altra sfera, un altro Emerso annientato. E via così, uno dopo l'altro, fino all'ultimo, che sembra lontanissimo.

Ma… è Giulio. Volto la testa. E c'è ancora l'*altro* Giulio.

«Giulio, ma… sei tu quello!»

«Io, o il vecchio me. Quello che non ti piaceva. Quello che non piace più nemmeno a me.»

Annuisco. Carico il tiro. Lo colpisco.

«Ben fatto, davvero. Non ho mai sopportato la sua espressione» dice Giulio.

D'un tratto sono libero dalla sbarra. «Hey, e adesso? Posso tornare indietro?»

«Temo di no, Leo. Intanto, cominci a ricordare?»

Ma no, non ricordo. Giulio scuote la testa, deluso. «Mi imbarazza, ma mi tocca farlo.»

Viene verso di me, mi afferra la testa da dietro la nuca e mi bacia. Mugolo, mi lascio andare. Sento le gambe molli. Poi è come se venissi colpito da una specie di macchia di colore rosso. Sì. Un lampo rosso, accompagnato da un colpo. Giulio continua a baciarmi, io continuo a baciarlo. I lampi rossi si fanno più frequenti, sempre più frequenti, fino a creare una specie di effetto stroboscopico, o come una sorta di pellicola che scorre perdendosi qualche fotogramma. L'immagine salta, tutt'a un tratto non sono più avvinghiato a Giulio, ma sono su una spiaggia solitaria e deserta, il mare poco mosso all'orizzonte, tutto dietro un filtro rosso. Un filtro di sangue.

Vedo una figura seduta sul bagnasciuga, i piedi che vengono regolarmente lambiti dalla schiuma.

È una splendida ragazza che sembra uscita dagli anni Cinquanta.

Le vado incontro. «Scusami, posso disturbarti? Temo di essermi perso.»

La ragazza distoglie lentamente lo sguardo dalla linea dell'orizzonte e mi guarda. «Ah, quindi Giulio lo riconosci, ma me no. Bell'amico che sei.»

Oddio, e adesso chi è questa? No, ma aspetta, l'ho già vista. «Hey, siamo nella mia testa, e se ci sei, vuol dire che mi ricordo di te. Solo che mi sfugge il tuo nome, al momento. Può capitare, no?»

«Se è questa la tua giustificazione...»

Sento un fruscio alle mie spalle. Mi giro, c'è un ragazzo impegnato in una strana, assurda danza. Convulsa, caotica, senza senso.

Come se qualcuno lo stesse picchiando e sballottando da una parte all'altra. Ma aspetta. Quello sono io.

Ora ricordo. La notte sulla spiaggia, il pestaggio.

Ora ricordo. Mi chiamo Leonardo, è successo un casino. E...

«… sono in coma?»

La ragazza annuisce. «Esatto.»

No no no no. Non può essere. Io non posso essere in coma, io ho ancora un sacco di cose da fare, progetti. Sono troppo giovane per morire.

«Un sacco di gente è morta più giovane di te, Leo.»

«Hey, non ti ricordavo così cinica! Non è carino da dire, sai? E poi come hai fatto a sentirmi? Stavo solo pensando, non l'ho detto ad alta voce.»

«Non stai dicendo davvero nulla ad alta voce, a voler essere pignoli. Ricordati che siamo nella tua testa. Ogni cosa è pensiero. Tutto il resto, ogni colore che vedi, ogni suono che ti sembra di udire, ogni odore… è tutto qui» dice la ragazza picchiettandosi un dito contro la tempia. «Sono Medea, comunque. Sì, te lo sto dicendo io, ma in realtà sei tu a essertene ricordato. Complimenti. Riesci a capire come funziona?»

Guardo il mio alter ego che continua a ballare impazzito, scosso da pugni invisibili. «Quindi non vedo chi lo… cioè, *mi* sta picchiando perché…»

«Perché non hai nessun ricordo del pestaggio, né dei responsabili. O del responsabile. Chi lo sa? Non lo ricordi, non lo puoi sapere. Se ci fai caso, poi, sembra che questi picchiatori invisibili ti colpiscano sempre in determinati punti. Sollevati la maglietta.»

Obbedisco. «Vedi i lividi? Sono i punti dove senti più male, e gli uomini invisibili ti colpiscono in continuazione proprio lì, come una serie di passi che si ripetono all'infinito.»

«Fa male, a pensarci.»

«Anche senza pensarci». Medea si inginocchia davanti a me. Comincia a baciarmi i lividi. Fremo, ma presto il dolore lascia spazio a una sensazione di piacevole intorpidimento. «Wow, e questo cosa sarebbe? Nella mia testa, intendo.»

«Chi lo sa, forse mi hai assegnato un ruolo di cura. Forse il bel Leo ha ancora in testa qualche idea un po' sessista sullo stereotipo dell'infermiera?»

Uno strano suono arriva dal cielo. Un suono profondo, onirico, come una specie di nastro suonato al rallentatore.

«Che cos'è?» chiedo.

«È il mondo fuori» risponde Medea. «Suoni che riecheggiano qui dentro, incomprensibili, distorti. Chissà chi c'è là fuori, che sta parlando. Forse i tuoi genitori. O io, o Giulio.»

«Cosa stanno dicendo? Voglio sentirli!»

«Non saprei proprio.»

Tendo l'orecchio, mentre i suoni dilatati fanno tremare l'aria intorno a me. Forse è questo che sentono i mistici quando sostengono di udire la voce di Dio. Forse sono solo suoni esterni amplificati e rallentati.

«Devo cercare di sentirli. Devo capire cosa dicono.»

Sì, ma come? Mi guardo attorno, c'è solo sabbia, e solo mare.

Decido di tuffarmi. La temperatura dell'acqua, rossa, è perfetta. Quando riemergo, Medea galleggia di fronte a me. Come ha fatto a precedermi?

«Penso che tu abbia fatto la scelta giusta. Ma niente è mai stato scoperto rimanendo in superficie. Per andare al cuore delle cose, bisogna scendere in profondità.»

Medea mi fa l'occhiolino, e si inabissa. Per un attimo ho la sensazione che le sue gambe si siano trasformate in una pinna da sirena. Va bene, è il momento di seguirla. Tanto sono già quasi morto, e tutto sta succedendo solo nella mia testa.

Faccio un bel respiro e un attimo dopo sono sott'acqua,

circondato da una miriade di bollicine che mi vorticano attorno.

L'abisso rosso è stranamente illuminato, non è buio. Medea sorride, anzi, ride, come se non avesse alcun problema a respirare sott'acqua. Poi mi fa cenno di ascoltare. Tendo l'orecchio. Ora che il fragore delle onde si è dissolto, sento qualcosa. Delle voci.

«Stavamo pensando che potremmo fare un takeover del tuo account, e proseguire quello che stavi facendo tu. Perché è utile, perché fa bene, perché apre gli occhi.»

«Proprio così. Lo sappiamo che non puoi risponderci. Forse nemmeno ci senti... Ma volevamo dirtelo e, in un certo senso, chiederti il permesso. Ne abbiamo parlato anche con i tuoi genitori, e ne sono molto felici. Forse te l'hanno già detto, forse te lo diranno. Non lo so. Nei prossimi mesi vorremmo coinvolgere tantissime persone, e andare al prossimo Pride di Milano formando un gruppo che pensavamo di chiamare ArcobaLeo. Ma sono sicura che per quel giorno sarai con noi, in carne e ossa.»

Sono Giulio e Medea. E se non si tratta di un'allucinazione pseudo-uditiva del mio cervello, sono quelli veri. Allora stanno bene! E sono ancora insieme! Chissà come se la sono cavata? Chissà come si è risolta la faccenda di Carlo?

Ma ora non importa. Sono felicissimo. Hanno avuto un'idea magnifica. Okay, ArcobaLeo è un nome un po' così, si poteva fare di meglio, però è un'idea bellissima. Quanto vorrei farglielo sapere. Quanto vorrei anche soltanto poter muovere la testa per un attimo, là fuori, nel mondo reale.

«Come faccio a comunicare con loro?» chiedo a Medea, senza preoccuparmi troppo del fatto che le sto parlando sott'acqua. «Come faccio a far vedere anche solo un briciolo della mia gioia là fuori?»

Medea mi guizza attorno, agitando la sua pinna caudale. «Ci vuole un pensiero felice.»

«Un pensiero felice? Questa frase l'ho già sentita.»

«Certo, è nella tua testa. Un grande, grosso, luminoso pensiero felice. Lascia che ti aiuti.»

Medea sorride, i suoi capelli ondeggiano nell'acqua come una nuvola. Mi prende entrambe le mani e cominciamo a girare uno attorno all'altra, in un girotondo, un turbinio che presto trasforma il rosso in una girandola di colori impazziti e confusi, mentre sento di non riuscire più a respirare. Forse svengo, forse chiudo gli occhi solo per un secondo più del solito. Quando li riapro, io, Medea e Giulio siamo in una valle verde, ricca di alberi.

Alle nostre spalle, una casetta che sembra uscita da una favola di Walt Disney, con i miei genitori che mi salutano sorridenti.

«Allora, immagina» dice Medea.

«Questa valle è tua. Mettilo qui, il tuo pensiero felice» mi incoraggia Giulio.

Chiudo gli occhi, mi concentro. Ripenso alle parole di Giulio e Medea che ho sentito. L'udito si ovatta. Poi, piano piano, il mondo attorno a me comincia a popolarsi di voci.

Voci di ragazze, ragazzi, giovani, vecchi. Quando li riapro, vedo che sono bianchi, neri, asiatici, mulatti, misti. Sono tutti felici, seduti in cerchio, chi legge, chi canta, chi discute con passione. Chi si ama, e non importa il sesso, il genere, l'orientamento sessuale.

Nel cielo c'è un gigantesco arcobaleno.

Sorrido.

26
Giulio

Quando vedo il volto di Leo tra la folla, sento un brivido lungo la schiena e mi commuovo. Sono contento che sia lì, e sono triste perché lui non è davvero lì. Il suo volto è su una bandiera che lo ricorda, vittima dell'omofobia e motore senza fine di quella che deve essere la lotta di tutti, ma è ancora la lotta di alcuni. Molti, ma non tutti.

Milano, fine giugno. È passato più di un anno dalla nostra avventura. Corso Buenos Aires è chiuso al traffico, invaso da una fiumana festante di persone di tutti i generi e di tutte le etnie che fischiano cantano ridono scherzano fanno festa. Verso i cieli si alzano bandiere arcobaleno, appese anche ai balconi. Al mio fianco Medea saltella e soffia a tempo con un fischietto che segue il ritmo di tamburi che suonano non so bene a quale altezza della manifestazione.

La questione di Carlo non si è ancora conclusa. Ma io ho concluso con Carlo, e con tutti gli altri. Tranne Max. Max è a posto. Non era a posto con noi, perché eravamo noi a non essere a posto.

Ripenso a come mi hanno trattato quando hanno scoperto che avrei testimoniato contro Carlo. Mi hanno detto che mi ero "infrocito", che Medea mi aveva fatto il lavaggio del cervello. Che avrebbero dovuto mandare in coma anche me, oltre a Leo. Leo, quanto mi manchi. I suoi genitori hanno voluto che il suo funerale fosse colorato, e ovviamente c'è chi è riuscito a ridere anche per questo. Ma ognuno ha diritto di vivere il proprio lutto come gli pare. E un funerale colorato, a Leo, sarebbe piaciuto sicuramente.

Medea mi tira un pizzicotto sul braccio. Tra me e lei ancora non va. Siamo amici, molto amici. Ma non credo riusciremo a essere qualcosa di più. Certo, è la persona più importante della mia vita, e penso di essere lo stesso per lei. Abbiamo bisogno l'uno dell'altra. Per noi stessi, ovvio, e per portare avanti la lotta di Leo.

Sono convinto che quel giorno abbia usato tutte le sue ultime forze per farci capire, con quel sorriso, che per lui andava bene, che gli piaceva la nostra proposta. Poi sono venute le lacrime, un senso di sconfitta, di perdita immensa. Abbiamo parlato con degli psicologi, che ci hanno aiutato a trasformare quei sentimenti in linfa che usiamo ogni giorno, io e Medea, per diffondere nel mondo il messaggio a cui teneva Leo.

«Ancora non l'hai visto?» mi chiede Medea.

Scuoto la testa.

«Tranquillo, verrà. Sarà dietro di noi, nel corteo.»

L'idea è stata di Medea. Lì per lì l'ho bollata come una stupidaggine, un ultimo imbarazzante tentativo di mettere le cose a posto. E allora mi sono messo a recuperare il numero di telefono di Federico, con dei giri che non sto nemmeno a dire. Gli ho mandato un WhatsApp, invitandolo qui, oggi. Se poteva, se voleva.

Visualizzato. Nessuna risposta.

Ora, passati alcuni mesi, sento il telefono vibrare nella tasca.

È Federico.

«È lui… È lui!» dico a Medea, incredulo.

«Rispondi, rispondi!»

Mi sfilo dal corteo, per allontanarmi almeno un minimo dal frastuono.

«Pronto? Federico?»

«Ciao Giulio. Sono io.»

«Fede, ciao. Come stai?»

«Sto bene, e tu?»

«Bene, grazie. Dimmi tutto.»

«Sono qui, Giulio. Al corteo di Milano. Tu dove sei?»

Il cuore in gola.

«Sono qui anch'io, Fede. Se ti va…»

«Vediamoci.»

«Sì! A che altezza sei?»

«Mi sono fermato all'altezza della stazione della metro… Lima. Può essere?»

«Può essere. Aspettami lì, ti raggiungo subito!»

Chiudo la telefonata, dico tutto a Medea, che mi abbraccia. «Stai tranquillo, okay? Non si è fatto mille chilometri per mandarti affanculo. Stai rilassato, andrà tutto bene.»

«Sì. Grazie!» Le do un rapido bacio sulle labbra.

Cerco di camminare tranquillamente lungo il marciapiede, ma faccio fatica a tenere ferme le gambe, a farle andare piano. Accelerano da sole, si muovono come se a Lima ci fosse un enorme magnete.

In breve comincio a correre, per colmare prima quel paio di centinaia di metri che mi separano da Federico.

Eccolo, lo vedo, appoggiato alla ringhiera rossa dell'uscita della metro, praticamente sotto il McDonald's. Quando lo raggiungo ho il fiatone.

«Ma hai corso? Temevi che scappassi? Sono un po' lontano da casa, sai.»

Sorrido.

«Grazie» prendo fiato. «Grazie per essere qui.»

«Grazie a te per avermi invitato.»

«Pensavo non saresti venuto.»

«Pensavi male, come al solito» mi risponde sorridendo.

«Sei qui da solo?» gli chiedo.

«Già.»

«Torniamo in cima al corteo, vuoi? Così potrai conoscere Medea.»

Federico annuisce. Ci rituffiamo nel fiume di colore e gioia che sta colorando questa città come poche volte le capita.

Ogni tanto qualcuno mi ferma. «Ma tu sei Giulio!»

«Giulio, sei un grande!»

«Giulio, tu e Medea siete mitici!»

Li ringrazio tutti, stringo mani.

«Giulio, io ero come te fino a qualche mese fa. Maltrattavo un mio compagno di classe. È grazie a te se ora ho smesso.»

Sorrido. E anche Federico sorride. «Guarda guarda, sei una celebrità ormai. Chi l'avrebbe mai detto? Se solo il piccolo me potesse conoscere il Giulio che sei ora.»

«Se solo il piccolo Giulio di allora potesse chiedere subito scusa al piccolo Federico.»

«Forse il piccolo Federico ti perdonerebbe subito, pur di riavere indietro il suo amico.»

«E quello grande?»

Scavo nei suoi occhi con i miei.

«Non penso che il Federico di adesso riavrà indietro il suo amico. È passato troppo tempo. E, a volte, quando un sentiero si biforca, non torna più a essere uno. Però posso perdonarti. Questo sì, posso farlo. »

Sento gli occhi che mi si riempiono di lacrime, e un peso che tutt'a un tratto sembra andare in polvere, portato via dalla gioia del corteo.

Ci stringiamo forte. Rido, un riso nervoso che prima scarica la tensione, poi si trasforma in una risata spensierata come quelle che facevamo insieme quando eravamo bambini.

Quando raggiungiamo Medea l'imbarazzo tra noi non è ancora svanito.

Lei ci sorride. Non lo saluta nemmeno, lo abbraccia come se lo conoscesse da una vita. «Ecco un'altra magia di Leo, che continua a operare anche da morto.»

Ridiamo, però io ho un nodo in gola e una lacrima riga la guancia di Medea, ma lei la asciuga subito.

Federico allora mi stringe la mano, e con l'altra afferra quella di Medea.

«Per Leo, allora» sussurra.

«Per Leo» gli faccio eco io, gridando.

Un piccolo coro si alza subito, prima timido, poi cresce, percorrendo tutta la folla come un'onda: «Per Leo! Per Leo! Per Leo!».

Guardo il cielo, mano nella mano con Medea e Federico. Il sole splende, il cielo è azzurro, il mondo è colorato.

Per Leo.

Per noi.

Ringraziamenti

Un ringraziamento speciale ai miei genitori, in particolare a mamma Paola, per avermi sempre insegnato a trasformare le mie paure in coraggio.

Per avermi insegnato il vero valore del verbo “resistere”.

Resistere a ciò che ci imprigiona, ai pregiudizi, ai giudizi affrettati, a tutta la cattiveria che è in ognuno di noi e che chiede solo di esprimersi, alla voglia di arrendersi, alle false speranze.

Resistere, ma soprattutto sorridere.

Un ringraziamento speciale a tutte le persone che mi hanno aiutato a realizzare questo piccolo grande traguardo, che mi hanno incoraggiato e sostenuto nei momenti di difficoltà. Grazie quindi a tutto il team di Sparkle Agency.

E infine un ringraziamento speciale a Matteo Mazzuca, per avermi aiutato e accompagnato nella realizzazione di questo folle romanzo dandomi l’opportunità di dare voce alle mie emozioni più profonde.

Finito di stampare nel mese di ottobre 2020
presso Grafica Veneta S.p.A. – Trebaseleghe (PD)

Printed in Italy